BIBLIOTHÈQUE D'ÉDUCATION RÉCRÉATIVE

LES

PATRIOTES DE L'ARGONNE

8e Série

Sergent, dit André, c'est mon unique enfant ; je le donne à la France.
(Page 31).

COLLECTION PICARD

BIBLIOTHÈQUE D'ÉDUCATION RÉCRÉATIVE

LES

PATRIOTES DE L'ARGONNE

FRISSON-DES-PRAIRIES

PAR

ACHILLE MELANDRI

Illustré de 31 gravures

QUATRIÈME ÉDITION

PARIS
LIBRAIRIE D'ÉDUCATION NATIONALE
11, RUE SOUFFLOT, 11

OUVRAGE ADOPTÉ

PAR

LA VILLE DE PARIS

POUR

LES DISTRIBUTIONS DE PRIX A SES ÉCOLES

I

LA LIBELLULE

Construit au commencement du règne de Louis XIII, en Champagne, non loin du village de Grand-Pré, qu'il semble protéger de l'ombre hautaine de ses toits, le manoir de Marchenoir, massive demeure en briques à revêtements de pierre, s'élève sur une colline au milieu des bois.

Une porte monumentale flanquée de deux tourelles carrées donne accès dans la cour d'honneur, au fond de laquelle s'étend le principal corps de logis. Le perron, dont les balustres se terminent par deux griffons de marbre tenant entre leurs pattes l'écusson de Marchenoir : *d'azur au chef de France, au cœur d'or flammé de gueules*, surmonté d'une couronne comtale, se trouve au milieu.

A droite et à gauche, une double allée de tilleuls taillés en berceaux, conduit aux jardins situés derrière le château. La ferme et ses dépendances s'étendent plus loin.

A l'horizon, au milieu des feuillages bleuâtres comme les verdures d'une antique tapisserie, le moulin du village pique le ciel de son pignon pointu.

Le pâle soleil de septembre de cette année 1792, qui devait voir tant de crimes et tant de faits héroïques, dorait les pelouses déjà roussies par l'automne.

Notre pays traversait alors une crise suprême.

Le roi, dans la personne duquel s'incarnait toujours la nation aux yeux de la noblesse, avait cessé de la représenter aux yeux du peuple.

Une guerre intestine, la pire de toutes, en était résultée.

Pour châtier l'insoumission de leurs paysans,

les seigneurs avaient couru s'enrôler sous le drapeau de Brunswick.

La France était menacée d'une invasion.

Le comte de Marchenoir, réfugié à l'étranger, connaissait l'amertume de l'exil.

Il ne restait plus au château que son fils Roger et sa fille Clorinde, lesquels se disposaient à le rejoindre avec leurs nombreux serviteurs, tous demeurés fidèles à la cause du roi, qui était la leur.

Au moment où commence ce récit, le vicomte, beau jeune homme de vingt-cinq ans, botté, éperonné pour la chasse, se promenait de long en large dans la cour du château, coupant l'air de sa cravache en de brusques mouvements de colère.

— Ah! murmurait-il entre ses dents, enfin, nos amis approchent. Les nouvelles apportées par le dernier courrier sont excellentes. Sa Majesté peut compter sur nous tous jusqu'au dernier.

Non! la couronne de saint Louis ne tombera pas du front de son descendant. Le roi de Prusse, Brunswick arrivent par Trèves à la tête de soixante mille soldats. Vingt-six mille Autrichiens attaquent Thionville. Longwy, Verdun ont capitulé. Les gentilshommes français marchent sur Stenay, les alliés sont déjà sur la Meuse... Nous allons donner une leçon à cette armée de savetiers et de paysans qui osent prétendre aux mêmes droits que nous dans l'État...

A peine avait-il formulé cette charitable prédiction, qu'un personnage vêtu d'une veste de villageois blanchie de farine, et coiffé d'un feutre gris, franchit l'entrée, un large panier sous le bras.

En entendant claquer ses sabots, M. de Marchenoir lui lança un regard courroucé.

Le rustre salua jusqu'à terre.

— Bonjour, monsieur le vicomte, dit-il. On a cuit le pain ce matin, et j'apportons de la galette au château selon l'usage.

— Tu pouvais passer par la basse-cour, il me semble, répondit le seigneur, les sourcils froncés. La cour d'honneur n'est pas pour ceux de ton espèce. Il y a deux ou trois ans, cette étourderie t'aurait coûté cher... Ne faudra-t-il pas t'appeler bientôt Monsieur du Moulin?

— Pardon, M'sieu le vicomte, fit humblement le bonhomme, mon nom est : André Delahaye pour tout potage, et j'n'aspirons point aux titres de noblesse. Mlle Clorinde, votre sœur, en est si friande que j'ai pris le plus court chemin pour lui apporter les fouaces chaudes du four : je ne crois point qu'il y ait grand mal à ça.

— C'est bon, répliqua le jeune homme radouci, je te pardonne en faveur de l'intention, mais que l'on ne t'y reprenne plus.

Il allait tourner dédaigneusement le dos au meunier du château quand, tout à coup, il aperçut une cocarde tricolore épinglée à son chapeau.

— Qu'est cela? s'écria-t-il furieux, viens-tu me braver jusque chez moi?

André Delahaye fit un pas en arrière, déposa son panier à terre, et répondit avec fermeté :

— Ça ? c'est la cocarde nationale, les trois couleurs du nouveau drapeau français.

Le vicomte fit siffler sa cravache.

— Est-ce que tu serais, toi aussi, du parti des preneurs de Bastille ? Palsambleu ! je ne souffrirai pas cela sur mes terres, entends-tu ?

Dans son indignation, il lui arracha le feutre, et le jeta sur les pavés ; mais cette fois le paysan, poussé à bout, se campa fièrement devant son couvre-chef qu'il ramassa, et dont il essuya la cocarde du revers de sa manche.

— N'y touchez pas, morguenne ! dit-il avec enthousiasme. Elle est bleue comme la mer, blanche comme la lumière, et rouge comme la flamme ! Elle fera du chemin dans le monde, et vous la saluerez peut-être bien bas... l'un de ces jours, monsieur le vicomte !

Il se recoiffa, croisant les bras d'un air de défi.

— Quelle insolence ! ricana Roger ; je crois que le maroufle se prend déjà pour mon égal !

— Ceux qui font le pain valent bien ceux qui le mangent.

— Je te ferai rouer de coups !

— N'en prenez pas la peine, fit André, affectant l'accent narquois des gens de la campagne, ça ne changerait rien à mes opinions... Bien le bonjour, m'sieu le vicomte, je remporte ma galette, puisque vous en faites fi, c'est nous qui allons nous en régaler.

— Sors d'ici, coquin!

— Serviteur.

Le paysan reprit son panier et s'éloigna, faisant résonner bien haut ses plébiennes semelles de bois sur le pavé seigneurial.

Resté seul, M. de Marchenoir se mit à décapiter à coups de houssine les rosiers qui grimpaient le long du mur, et reprit son monologue interrompu.

— L'outrecuidance de ces manants ne connaît plus de bornes, grommela-t-il.

Une exquise jeune fille, vêtue comme les bergères de Watteau, appuyée sur la canne à bec de corbin, fort à la mode en ce temps-là, et tenant à la main un masque de velours destiné à protéger son teint délicat contre les ardeurs du soleil, descendit les marches du perron.

— Bonjour, monsieur mon frère, dit-elle gaiement.

Au son de cette voix aimée, le vicomte tourna sur ses talons.

— Ah! c'est vous, Clorinde?

— Oui, je viens prendre le frais, après déjeuner.

— Vous avez tort, objecta M. de Marchenoir avec humeur. Il faudra bientôt vous calfeutrer dans vos appartements, pour échapper aux insultes des paysans.

— Quoi! Auraient-ils osé vous manquer?

— ... Jusqu'à André, le meunier du château, sur lequel je croyais pouvoir compter, qui s'est laissé gagner aux idées nouvelles... Il vient de me dire des choses!...

Mlle Clorinde haussa les épaules.

— Bah! fit-elle négligemment, nous aurons bientôt de quoi les mâter.

— Oui, dit le vicomte les dents serrées. L'armée des émigrés approche. Dans peu de jours, je compte rejoindre notre père sous le drapeau fleurdelysé. Il ne restera plus que vous au château, chère petite sœur... J'espère que ces faquins auront au moins le respect des femmes!

— Quoi! partir si tôt, Roger?

— Il le faut bien; que penserait notre père, si je restais ici?... Mais vous laisser seule...

— Oh! je suis brave. D'ailleurs, vous ne tarderez pas à rentrer en maîtres, avec le prince de Condé...

— Je ne vous offre pas de partager la vie des camps, mais vous feriez mieux de passer la frontière avec vos coffres, et d'attendre les événements dans quelque tranquille ville d'Allemagne.

Un éclair s'alluma au fond des fières prunelles de Clorinde.

— Je suis, à Marchenoir, dans notre domaine héréditaire, répondit-elle. Je voudrais bien voir qu'un de ces drôles osât en franchir le seuil sans ma permission!

Cette conversation entre le frère et la sœur s'était déjà renouvelée maintes fois.

Rien n'avait pu faire céder l'orgueilleux entêtement de la jeune châtelaine.

Le vicomte y renonça, et, brûlant de mettre son épée au service du roi, il rentra dans le château pour faire ses derniers préparatifs de départ.

Clorinde tira de sa poche un petit volume de poésies coquettement relié à ses armes, et le feuilleta distraitement, assise sur l'un des bancs qui s'étendaient le long de la façade.

Depuis quelques instants, un jouvenceau de son âge (dix-huit ans à peine) s'était glissé dans le jardin par les bosquets, et la contemplait de loin, muet de respect et d'admiration.

Il portait la souquenille, le bonnet de laine des fils de paysans, et tenait à la main une de ces serpettes dont les jardiniers se servent pour tailler les arbustes.

En l'apercevant, Mlle de Marchenoir fut prise d'un accès de rire silencieux.

— Tiens, murmura-t-elle, voilà Louis, le fils de notre meunier, mon petit frère de lait! Qu'a-t-il donc à me regarder comme une madone, au lieu de tailler les rosiers?... Ah! ah! ah! qu'il est drôle, avec ses yeux éblouis et sa bouche en extase, ouverte toute ronde!... Sa contenance m'amuse... On s'ennuie tant, au château, depuis que la bonne noblesse est aux camps! J'en suis réduite à me distraire d'un simple jardinier!

Comme elle achevait cette réflexion intime, en étouffant un demi-bâillement, une jolie libellule qui voltigeait par là vint se poser imprudemment sur la page du livre qu'elle parcourait des yeux.

Clorinde le referma, comptant y emprisonner l'insecte d'or et de saphir; mais, plus rapide qu'un éclair, ce dernier avait repris sa course aérienne.

— Quel dommage, soupira la jeune châtelaine dépitée, elle m'échappe !

De loin, le jardinier avait assisté à cette scène.

— Notre demoiselle, cria-t-il, si vous daignez le permettre, je vais vous l'apporter dans un instant.

— Ah ! c'est vous, Louis, fit Clorinde, jouant la surprise... Courez, mais courez donc !

Avec un aveugle empressement, le jeune villageois s'élança dans les massifs, à la poursuite de cette chimère fugitive.

Tantôt la libellule se posait sur « la bouche ouverte des roses », et tantôt son vol en zigzag franchissait un espace énorme. Louis, haletant, déchira sa souquenille et sa peau à toutes les épines. Il bondissait, tombait, reprenait sa course sans se décourager... Pour satisfaire un caprice de la fille du comte, que sa mère avait nourrie de son lait, il eût été chercher la libellule jusque sur les arbres, jusque sous les eaux.

Enfin, il parvint à saisir l'objet de sa convoitise, et le rapporta, le tenant délicatement entre ses doigts.

— Voici la « demoiselle » au corset de diamant, dit-il. Qu'elle est jolie, entre ses quatre ailes diaprées! Les reines n'ont pas de plus belles robes! Elle est digne de vous.

La châtelaine le gronda doucement.

— C'est folie d'avoir saccagé les plates bandes, déchiré vos habits, mis votre visage en sang; tout cela pour contenter ma fantaisie!

— Je pensais que cela vous ferait plaisir, murmura-t-il en rougissant.

Sa gaucherie, son embarras étaient si comiques, que Clorinde partit d'un éclat de rire.

— Avec votre blouse en lambeaux, s'écria-t-elle impitoyablement, vous avez l'air de ces bonshommes que l'on met dans les cerisiers, pour faire peur aux moineaux.

— Mademoiselle, dit le fils du meunier d'un ton grave, il ne faut pas regarder la blouse, mais le cœur qui bat dessous.

— Pas mal répondu, s'écria la châtelaine.

Et, tout à coup, lui prenant la libellule des mains :

— Donnez-la moi, ajouta-t-elle.

Elle tira une épingle de ses cheveux, et piqua l'insecte tout palpitant à son chapeau de paille.

— Comment! gémit Louis avec douleur, vous l'attachez ainsi pour orner votre coiffure?... Pauvre libellule! Voyez, elle se débat encore!

— Pourquoi non? puisqu'elle est belle, répondit Clorinde sans cesser de sourire. N'est-ce donc rien que de mourir pour me parer?

— Je crois, murmura le jeune homme, les yeux

baissés, pour cacher la peine que lui causait l'agonie de l'insecte, à qui sa sœur de lait ne prêtait

Elle tira une épingle de ses cheveux et piqua l'insecte à son chapeau de paille.

plus aucune attention, je crois qu'en ce cas il faudrait au moins consulter les intéressés.

— Eh! eh! de mieux en mieux, riposta la fille

du comte, avec une nuance d'ironie, un juge du Parlement n'eût pas mieux dit.

Elle enveloppa son humble ami d'enfance d'un rapide regard.

Il était bien découplé, il avait les traits fort réguliers, l'air à la fois franc et naïf, la jambe faite au tour.

— Il porterait fièrement le mousquet, et cela ferait une bonne recrue pour l'armée des princes, pensa-t-elle.

Le projet lui venait en tête de profiter de l'influence que sa naissance, sa distinction de race, la supériorité de son rang, exerçaient sur le pauvret, afin de le gagner à la cause des émigrés.

Elle se leva et fit quelques pas vers ces beaux rosiers, dont les griffes avaient si bien déchiré la souquenille du jardinier.

Tout interdit, ce dernier la regardait.

Il craignait de l'avoir fâchée par sa hardiesse... Que deviendrait-il, si elle le chassait de sa présence, elle, la fille du seigneur, envers qui on lui avait enseigné l'obéissance passive, le respect aveugle!

Clorinde revint, une rose rouge et une rose blanche fraîchement cueillies à son corsage.

— Notre demoiselle, balbutia Louis, veuillez me pardonner... J'ai peut-être prononcé tout à l'heure des paroles qui vous ont déplu... Mais, voyez-vous, c'est plus fort que moi! Ma mère vous a servi de nourrice... Tout petit, je jouais avec vous dans cette cour du château, où l'on me laissait entrer un peu comme un chien familier... Nous nous aimions bien alors, étant frère et sœur de lait. Depuis, je me suis accoutumé à cette grande affection que je vous porte... Plus tard, on m'a envoyé à l'école, et vous êtes allée à l'Abbaye-au-Bois. L'âge et la raison venant, j'ai compris que je n'appartenais pas au même monde que vous; que l'avenir devait nous séparer. Cependant, j'étais heureux encore de soigner ces fleurs pour charmer vos yeux; ces roses, dont les bouquets parfumeraient votre chambre, à votre retour du couvent! Je me disais : se rappellera-t-elle son petit camarade d'autrefois? Et vous avez eu la bonté de vous en souvenir; vous m'avez permis de vous voir chaque jour... Si vous deviez vous fâcher contre moi maintenant, je ne saurais m'en consoler.

— Puisque vous m'êtes dévoué comme vous le dites, Louis, répondit Mlle de Marchenoir d'une voix grave, que faites-vous ici à l'heure où toute la jeunesse bien pensante prend l'épée pour défendre son roi et ses seigneurs? Engagez-vous dans l'armée des princes... Sur les champs de bataille, on peut conquérir l'épaulette d'officier : voyez Cathelineau, un paysan comme vous. Voyez Stofflet, un garde-chasse! Les voilà généraux! Partez donc, et, si vous savez vous distinguer, souvenez-vous que l'avenir appartient aux braves!

A ces mots, prononcés avec une douceur perfide, le jeune homme perdit contenance.

— Mademoiselle Clorinde, exclama-t-il, je ne pourrais agir ainsi sans la permission de mon père, et j'ai peur que cela ne soit pas dans ses idées.

Elle lui tendit la main.

— Mon camarade d'enfance, je vous indique votre devoir. Prouvez-moi la sincérité de votre affection, et croyez que je saurai la reconnaître.

— Me battre pour défendre la fille de mon seigneur, s'écria le jardinier enthousiasmé. Oh ! je le voudrais, dès demain, dès ce soir...

Clorinde prit les fleurs qu'elle avait mises dans ses dentelles.

— Voici deux roses, prononça-t-elle lentement. La rouge porte la couleur de nos ennemis...

(Elle la laissa tomber, en foula les pétales vermeils sous son petit soulier de satin.)

... L'autre porte la couleur des lis, qui est celle du roi et la mienne. Laquelle préférez-vous?

— Pouvez-vous le demander?

— Acceptez-la donc en souvenir de moi, murmura la jeune fille, en l'attachant à la boutonnière de son frère de lait. Nous nous reverrons, après la victoire.

Très ému, le jardinier mit genou en terre.

— Que Dieu vous garde, balbutia-t-il; et si je meurs pour vous protéger, souvenez-vous quelquefois du pauvre Louis, votre paysan...

Un ricanement sarcastique, parti de la fenêtre

du château ouverte au-dessus de leur tête, les cloua sur place.

Ils levèrent les yeux, et aperçurent le vicomte qui avait observé la fin de cette scène, sans entendre leurs paroles.

— Voici, par ma foi, une plaisante aventure! s'écria Roger de Marchenoir. En sommes-nous là, et les filles de noblesse oublient-elles leur qualité au point de recevoir l'hommage des rustres?

Les deux interlocuteurs embarrassés s'éloignèrent brusquement l'un de l'autre.

— Est-ce pour cette belle raison que vous teniez tant à rester ici? continua le vicomte, s'adressant à sa sœur... Rentrez dans votre chambre, et attendez-y mes ordres.

Effrayée de sa colère, Clorinde s'enfuit par le perron.

— Quant à toi, coquin, cria Roger qui brandissait une canne, je vais t'apprendre à respecter la fille de ton seigneur.

A cette menace, le premier mouvement de Louis fut de gagner le large.

Le prestige de la noblesse avait été si grand jusque-là dans les campagnes, que tout cédait devant elle.

Mais la pensée de fuir comme un lâche lui fit horreur, — surtout à cause de certain témoin invisible qu'il devinait derrière les jalousies de la fenêtre.

Il attendit dans une ferme attitude.

— Vous vous méprenez... balbutia-t-il, laissez-moi vous expliquer !

Mais déjà le vicomte, hors de lui, descendait les degrés par bonds, et s'avançait, la canne levée, sur le fils du meunier.

Monsieur, dit Louis froidement, gardez cela pour vos laquais.

— Petit faquin, je vais te faire rentrer au chenil, cria le seigneur de Marchenoir.

Sans se déconcerter, Louis para le coup, lui arracha sa canne, qu'il rompit en deux pièces.

— Monsieur, dit-il froidement, gardez cela pour vos laquais. Quoique je ne sache pas comme vous tenir une arme, je suis prêt à vous rendre raison si vous vous croyez offensé, bien que vous vous trompiez absolument sur...

— Tu me ferais vraiment trop d'honneur, ricana Roger.

Il appela de toutes ses forces :

— Holà ! Jasmin ! Sylvain ! des bâtons !... Ceux de ta race, cria-t-il au paysan qui reculait lentement vers la porte du château sans tourner les talons ni le quitter des yeux, on ne les bat pas soi-même, on les fait étriller par ses gens !

La livrée accourait armée de triques.

— Jetez-moi dehors cet insolent, et caressez-lui l'échine, tonna M. de Marchenoir.

Les valets se ruèrent sur Louis comme une meute.

Il lutta des pieds et des poings, renversa les plus acharnés de ses agresseurs ; mais, pendant ce temps, les coups tombaient dru sur ses épaules, mal protégées par un simple vêtement de toile.

Amusé de ce spectacle, qui satisfaisait sa rancune contre le père et le fils à la fois, le vicomte excitait ses gens du geste et de la voix.

Louis allait succomber sous le nombre, quand la brusque invasion de la cour d'honneur par une bande de paysans, vint changer l'aspect des choses.

LA PATRIE EN DANGER

Les nouveau - venus étaient des gens du village de Grand Pré, armés de fourches et de faux.

André Delahaye, portant son fusil en bandoulière, marchait à leur tête.

Il aperçut son fils qui se débattait seul contre dix.

— Misérables! cria t-il.

— Mon père! gémit Louis, cherchant un refuge au milieu des villageois.

Il avait du sang sur ses vêtements.

A cette vue, un grand cri s'éleva parmi les révoltés :

— A bas l'aristocrate! Vive la nation!

— Une émeute! rugit M. de Marchenoir tirant son epée. Je vous chasserai tous! A moi, mes gens!

Au lieu de lui obéir, le personnel du château, qui ne brillait pas par la bravoure, battit prudemment en retraite.

Cependant Roger, se croyant suivi des siens, dirigeait la pointe de son arme contre la poitrine d'André.

D'un coup sec, ce dernier la lui fit tomber des mains.

— C'était bon autrefois, ces façons-là, Monsieur le vicomte, grogna-t-il.

Encouragés par sa tranquille hardiesse, les paysans s'élancèrent avec des cris de mort sur le châtelain et ses domestiques, qui se barricadèrent dans le château pour y soutenir un siège, si cela devenait nécessaire.

Bien que cette rescousse lui eût peut-être sauvé la vie, Louis, dont le cœur généreux tremblait pour les jours de Clorinde, était désespéré.

Son père le pressa dans ses bras.

— Allons, fieu, nous sommes arrivés à temps, hein? L'approche de l'ennemi double l'insolence de Messieurs les ci-devants : je m'en suis aperçu ce matin, et j'ai flairé quelque mauvais coup... Ah! j'en ai gros sur le cœur, mais nous allons tout briser dans le manoir!

— Oui, oui, hurlèrent les révoltés. A sac! Au pillage!

Le jeune jardinier leur barra résolument le passage.

— Respectez ce domaine, supplia-t-il. C'est celui de nos maîtres, après tout.

— Nous n'avons plus de maîtres, déclara André Delahaye. L'armée du peuple arrive enfin. Les Français se lèvent partout pour défendre leur territoire.

— Non, plus de maîtres ! hurlèrent les paysans. Vive la Nation !

Comme pour prêter plus de force aux paroles du meunier, un bruit confus et lointain se fit entendre.

A mesure que la rumeur se rapprochait, on distinguait le rythme accéléré d'une vieille chanson génevoise, sur laquelle un poète populaire avait écrit les fameuses paroles du *Ça ira*.

André serra le poignet de son fils à le broyer.

— Écoute, dit-il d'une voix sourde, ce sont les grenadiers de Dumouriez qui approchent.

Mille tonnerres ! on ne les attendait pas si tôt, ça va chauffer !

— Calme-toi, murmura le jeune homme effrayé de l'expression de son père.

— Qu'as-tu donc, fit André, le regardant avec surprise, tu parais tout triste en un si beau jour !

— Ça se comprend, remarqua un homme en habits bourgeois, qui venait de se mêler à leur groupe. L'émotion, la colère... On me dit qu'ils t'ont frappé.

Celui qui venait de parler pouvait avoir soixante ans.

C'était un fermier aisé des environs, ami du meunier.

Une jeune fille en cornette blanche, vêtue d'une mante et d'une jupe rayée, s'appuyait à son bras.

Quand elle aperçut la mine égratignée du pauvre Louis, une exclamation douloureuse s'échappa de ses lèvres.

— Ce sont ceux de Marchenoir qui ont fait cela? demanda-t-elle, les yeux brillants de colère.

— Ce n'est rien, mam'selle Jeanne, affirma le blessé.

— Comment, rien?... Ils l'ont quasiment défiguré, mon pauvre Louis!

Elle courut à la fontaine qui jaillissait au milieu du parterre, trempa son mouchoir dans la vasque de marbre, et revint en baigner le visage du jardinier.

— Brave petit cœur, murmura André Delahaye qui la suivait des yeux avec attendrissement.

Il n'y a pas à dire, ami Dubois, continua-t-il s'adressant au fermier, ta Jeanne est un ange!

— Tout le portrait de sa feue mère, répondit le fermier souriant avec mélancolie.

— Quelle bonne ménagère elle fera un jour!...

— Je ne suis pas pressé de m'en séparer pour la voir entrer en ménage, répondit le père... A notre époque agitée, les jeunes gens n'ont guère le temps de penser au mariage...

— J'espère que nous en reparlerons en des heures plus calmes...

Un grand bruit de foule et de tambours, débouchant en face de la porte principale du manoir, interrompit cette conversation.

Des acclamations éclatèrent.

On criait : Vive la nation ! Vive l'armée !

Une compagnie de grenadiers français faisant partie de l'avant-garde du général Dumouriez entra, tambour en tête, conduite par un vieux sergent tanné sous le harnais.

A l'apparition du drapeau tricolore, que les habitants de Grand Pré voyaient pour la première fois, le tapage devint assourdissant.

Sur l'ordre de leur chef, les soldats avaient mis l'arme au pied.

Il s'avança vers la foule, accompagné seulement du « tapin », petit bonhomme de quatorze ans, à la mine futée, dont le maigre corps flottait dans un habit bleu taillé pour un homme.

— Pour lors, Joli-Cœur, dit le sergent à son subordonné, bats-nous un rrroulement d'enfer, et qu'ça claque, mon garçon.

Droit sur ses jarrets, pour ne pas perdre un pouce de sa taille, Joli-Cœur se mit à tricoter des baguettes sur l'antique peau d'âne, et produisit un grondement de tonnerre à casser les vitres.

Les hourras redoublèrent. Ce que voyant, le sergent ayant craché deux ou trois bonnes fois afin de s'éclaircir la voix, leva un doigt en l'air pour réclamer le silence.

— Un instant, déclara-t-il, j'ai-z-à faire un discours. Écoutez-moi tous, avec le calme superlatif qui convient-z-à des citoyens qui ont l'honneur d'appartenir-z-à une nation libre et civilisée.

— Rrrran ! fit le tambour.

— Vive la liberté ! hurla l'auditoire.

Le vieux soldat leva de nouveau son index vers le ciel.

— ... Que vous n'aureriez pas, par un effet du hasard, une bouteille de *schnick* ou deux? vu que la poussière, elle me prive de mes moyens oratoires...

— ... Même que j'en ai la gorge sèche comme une vieille blague à tabac, ajouta majestueusement Joli-Cœur.

— Tais ton bec, tapin, remontra le sergent avec dignité.

— Rrrran ! fit le tambour.

— Il n'en manque pas, dans les caves du château, observa un sournois.

— Nous allons vous en quérir, ajoutèrent quelques autres.

— Allez, enfants, et faites vite, le sergent Lachamade ne *cane* pas plus devant une bouteille que devant le *brutal* (1).

Après cette catégorique déclaration, Lachamade, solennel, tira de sa poche un papier malpropre qu'il déplia avec respect, et qu'il se mit à lire très haut.

(1) Le canon.

— « Hum! La Convention nationale l'a déclaré : La patrie est-z-en danger.

Lachamade, solennel, tira de sa poche un papier malpropre qu'il déplia avec respect et se mit à lire très haut.

« L'ennemi foule notre territoire. La France compte sur ses enfants... »

L'effet de ces paroles fut électrique.

Les mains tendues en un geste de serment, les paysans s'avancèrent, vociférant :

— Oui, oui, nous sommes là.

— Écoutez, crièrent André Delahaye et son ami Dubois, dont le visage était pâle de ferveur patriotique.

— Minute, dit Lachamade, je n'ai pas fini.

La France est le pays des gars qui n'ont pas froid aux yeux, des vrais durs à cuire.

S'il y en a de ceux-là parmi vous qui veuillent s'engager volontairement, ils n'ont qu'à signer, sur le tambour.

En guise de table à écrire, l'imperturbable Joli-Cœur déposa sa caisse sur le banc où s'était assise Mlle de Marchenoir au commencement de ce récit, tandis que son chef tirait de sa poche du papier, une plume d'oie et un encrier de corne.

Toute cette fière jeunesse, animée déjà de la fièvre des combats, voulut signer à tour de rôle.

On avait apporté des bouteilles et des verres ; on trinquait à la santé de la nation. Les femmes accouraient avec des paquets de linge noués dans des mouchoirs à carreaux : l'humble bagage des partants.

Fort peu des volontaires savaient écrire. Ils se grattaient l'oreille, tournant gauchement la plume entre leurs gros doigts.

— Bêta, disait Joli-Cœur, mets une croix. On saura bien que c'est toi.

Pendant ce temps, Louis, sombre, taciturne, se tenait à part.

Il ne rendait pas sa camarade d'enfance responsable de la hauteur et du stupide emportement de son frère, dont elle semblait victime elle-même. Il regardait cette demeure envahie, les platesbandes foulées, et se disait avec tristesse que ces soldats la traiteraient en ennemie, si elle osait paraître devant eux.

Surprise de l'embarras peint dans sa contenance, Jeanne Dubois ne le quittait pas des yeux.

Les regards de la jeune fermière exprimaient un vif intérêt mêlé d'inquiétude; mais le fils Delahaye était trop obsédé d'autres pensées pour y prendre garde.

Brusquement, il releva la tête et tressaillit.

La voix claire de Jeanne avait retenti au milieu du brouhaha des conversations.

— Papa, disait-elle à Dubois, je n'ai jamais autant regretté de n'être pas un garçon.

— Que ferais-tu, si tu étais un garçon? demanda le vieillard avec bonhomie.

— J'irais me battre!

Cette phrase avait été prononcée si haut, qu'elle s'adressait indirectement à Louis.

Il le comprit, vit les yeux de la jeune fermière fixés sur lui.

En même temps, André lui frappait sur l'épaule.

— Eh bien! fieu, grommela le meunier, tu as entendu ce qu'a dit le sergent?

— Oui, père, répondit le jeune homme pensif.

— La patrie te réclame; ne vas-tu pas partir comme les autres pour la défendre? Viens...

Hésitant, Louis se laissa entraîner vers Lachamade, à qui son père le présenta avec fierté.

— Sergent, dit André, c'est mon unique enfant; je le donne à la France. Ah! si j'avais encore mes bonnes jambes d'autrefois, je vous suivrais aussi.

— Ça fera-z-un beau grenadier, répliqua Lachamade, après avoir admiré en amateur la prestance de cette nouvelle recrue... Tiens, clampin, à toi la cocarde!

Il mit un nœud de rubans tricolores au chapeau du jeune gars.

— ... Et voilà mon fusil, ajouta André Delahaye en lui donnant son arme. Souviens-toi que tu es mon fils, et tâche de t'en servir avec honneur contre les émigrés maudits, les ennemis du pays!

— O mon Dieu! gémit le pauvret.

Il chancela; son père le reçut dans ses bras.

— Qu'as-tu donc? D'où te vient cette faiblesse? murmura ce dernier, inquiet, en le faisant asseoir près de lui sur le banc.

— Il se trouve mal, le capon! cria l'un des nouveaux volontaires.

Ce peu charitable guerrier allait sans doute continuer ses brocards à l'adresse de Louis, mais la petite Jeanne lui lança un regard indigné.

— Ce n'est pas étonnant, dit-elle sèchement, indiquant le château du doigt. Ils se sont mis dix contre lui pour le rouer de coups... Je voudrais vous voir à sa place!

Elle donnait tout haut cette explication, dans le but de sauver l'honneur de celui pour lequel elle avait manifesté un si vif intérêt; mais, au fond du cœur, son angoisse redoublait à cette pensée :

— Louis serait-il un lâche?

Maintenant, le jeune homme, appuyant sa tête sur l'épaule de son père, versait des larmes silencieuses, et le meunier, à son tour, attribuait en lui-même cette contenance peu héroïque à une tout autre cause qu'une faiblesse physique.

— Tu veux donc me faire honte, murmurait-il à son oreille... Morbleu! j'ai servi, moi, dans le Royal-Champenois... Je me suis battu sur le Rhin; j'ai vaincu Ferdinand de Brunswick à Korbach... avec M. le maréchal de Broglie! J'ai entendu siffler les balles. Allons! du courage! On n'en meurt pas toujours, après tout, puisque me voilà!

— Ce n'est pas cela qui m'attriste, répondit son fils. Je ne crains pas la mort.

— Qu'est-ce, alors? Voyons, on doit se confier à son père; tu n'as pas de meilleur ami que moi sur terre. Laisserais-tu au village, en dehors de ta famille, quelque objet d'affection dont il te semble pénible de te séparer?

... Aussi bien, je crois l'avoir deviné, reprit André, dardant un coup d'œil dans la direction de Jeanne Dubois. Sois tranquille, on attendra ton retour. Penses-tu que les autres n'aient pas, eux aussi, leurs petites affaires de sentiment? Cependant, tu le vois, ils partent joyeux... Bah! Tu reviendras te marier au village...

Louis courut rejoindre ses camarades.

La voix cuivrée de Lachamade éclata comme un appel de clairon.

— Avec tout ça, dit-il, essuyant ses longues moustaches jaunes d'un revers de main et posant son verre, l'étape n'est pas *finite*.

Formez les rangs! En avant, marche!

Paysans et soldats s'alignèrent, tambour en tête, drapeau au centre.

— Viens sur mon cœur, cher enfant, dit André Delahaye, qui pleurait à son tour. Conduis-toi toujours en brave, et songe que la plus belle mort est celle du soldat.

— Embrasse-moi aussi, s'écria l'excellent Dubois, les bras ouverts. Pense à nous qui t'aimons, dis adieu à Jeanne, ta petite amie... Notre souvenir te suivra.

Louis, ému, serra leurs mains cordiales.

La compagnie se mit en marche au chant de la *Marseillaise*, suivie, acclamée par les femmes et les vieillards, qui seuls restaient au foyer pour rêver aux absents.

Au moment où le dernier rang sortait de la cour du château, Louis, touchant la rose blanche piquée à sa boutonnière, jeta un long regard vers les fenêtres du château. Le rideau de celle qui éclairait la chambre de Clorinde était soulevé. Il y vit s'agiter une ombre.

— Sans ami, sans défenseur, qui la protégera? murmura-t-il.

Et il courut rejoindre ses camarades.

III

EN CAMPAGNE

ALORS, la petite troupe se dirigea vers le hameau voisin, où des scènes semblables se renouvelèrent, car, à l'appel de la Convention, les soldats semblaient sortir de terre.

Cependant, il eût été dangereux de pousser jusqu'au creux de la vallée de l'Argonne, car on y pouvait rencontrer des éclaireurs ennemis, et la moitié des nouvelles recrues n'avaient pour armes que des bâtons.

On rétrograda donc vers Sainte-Menehould, où tout le monde, harassé, coucha pêle-mêle sous les tentes et dans les granges.

Le lendemain, après l'appel, les volontaires reçurent un équipement sommaire, de bons fusils, des sabres et des munitions.

« Avec du fer et du pain, disait le sergent illustré par Raffet, on peut aller jusqu'en Chine! »

Heureusement, leur objectif était moins éloigné. Ils marchèrent de nouveau sur la forêt de l'Argonne, dont ils devaient occuper les défilés.

Les volontaires ne prenaient de repos que la nuit, car entre les étapes, au lieu de se délasser, ils apprenaient la charge en douze temps sous la direction de leurs aînés, vieux soldats de l'armée royale, admirablement dressés et disciplinés, qui formèrent un cadre solide pour ces troupes levées à l improviste.

Louis Delahaye faisait son devoir comme les autres. Il connaissait de longue date le maniement du fusil.

Une immense tristesse avait envahi son âme.

Il obéissait machinalement aux commandements de Lachamade, qui, l'ayant pris sous sa haute protection, confiait toujours à son protégé les corvées les plus difficiles, « pour le former au service ».

Il ne souriait pas aux saillies du petit tapin Joli-Cœur et se laissait tomber, abruti de fatigue, près des feux du bivouac, pour y dormir d'un sommeil de plomb pendant lequel ne lui apparaissait même plus en rêve l'image mélancolique de Mlle Clorinde, errante, abandonnée au milieu de son château désert.

La rose pâle, couleur des lis, s'était effeuillée au vent.

Mécontent de tous et de lui-même, il s'efforçait de n'y point penser.

D'ailleurs, en dehors des gentilshommes émigrés, l'ennemi qu'on allait rencontrer était d'une autre race, parlait une autre langue que la sienne, et Louis n'éprouvait aucun scrupule à se mesurer avec lui.

Quand ils arrivèrent en Argonne, au milieu de ces bois profonds dont l'écho répétait triomphalement leurs chansons de marche, le jeune meunier reconnut à chaque pas les fourrés où il avait coutume de s'embusquer pour tirer au marcassin.

Il salua la terre des aïeux, où s'était écoulée son heureuse enfance.

Quand il lui parlait de ses exploits cynégétiques, Joli-Cœur, Parisien dans l'âme, lui répétait d'un ton gouailleur :

— Si les gardes t'avaient surpris à l'affût, le seigneur t'aurait fait condamner aux galères, de sorte qu'à présent tu servirais dans la marine à perpétuité...

— C'est pourtant vrai! répondait naïvement Louis Delahaye.

— ... Tandis qu'aujourd'hui, ajoutait Lachamade, tu as l'honneur de venir avec nous chasser les lapins du roi de Prusse... De fameux lapins qui ont six pieds de haut, ce qui fait qu'ils sont plus faciles à viser. Tiens, voici justement la cantinière. Je t'invite... à m'offrir un petit verre. Allons, clampin! c'est toi qui régales...

Et le nouveau grenadier, dont le boursicaut

était mieux garni que ceux de ses camarades, payait à boire à la ronde.

La première rencontre avec l'ennemi fut rude. Elle commença par une victoire, mais s'acheva par une défaite.

Et le nouveau grenadier payait à boire à la ronde.

Le 13 septembre, le passage de la Croix-aux-Bois, défendu par une barricade d'arbres abattus derrière laquelle se tenaient embusqués une centaine de combattants, fut forcé par le prince de Ligne en personne.

L'armée des envahisseurs pouvait s'y enfoncer comme un coin et tourner nos positions.

Le corps du général Chazot, dont le bataillon de grenadiers de Louis Delahaye faisait partie, s'élança pour s'en rendre maître, et, après une marche forcée fort pénible, attaqua le 15 au matin les positions occupées par l'ennemi.

Elles furent emportées dans un élan superbe. Le vainqueur de l'avant-veille, le prince de Ligne, y trouva la mort; mais, deux heures plus tard, l'ennemi, revenant avec des forces écrasantes, reprit la barricade et s'y maintint.

Cette action très honorable de part et d'autre prouva aux Prussiens que les soldats de la jeune armée française n'étaient pas des bandes de savetiers et de valets comme l'affirmaient en ricanant les seigneurs de l'État-Major, ou que, du moins, ces savetiers soutenaient le feu avec autant d'intrépidité que les gentilshommes de sang bleu.

Dans le camp des défenseurs du sol, on s'était « senti les coudes », on avait reçu gaiement le baptême des balles, et tous appelaient de nouveaux combats.

Cependant, par suite de l'avantage définitif des Prussiens, l'armée nationale se trouvait coupée en deux tronçons.

L'heure avait sonné des résolutions promptes et énergiques.

Dumouriez était l'homme de la situation. Joignant la ruse d'un vieux routier à l'énergie d'un général de la République, dans la nuit du 15 au 16, par une pluie torrentielle, il ordonna de faire flamber les feux du bivouac pour tromper l'ennemi, et décampa sans tambours ni trompettes.

Les troupes avaient compris son plan. Elles le secondèrent de tous leurs efforts, de toute leur gaieté, de toute leur abnégation patriotique. En voyant luire dans le lointain cette ligne de flammes, les lourds Allemands crurent que l'armée française se reposait de ses fatigues sous les tentes.

Pendant ce temps, le généralissime Dumouriez faisait une chevauchée de vingt heures et choisissait, non loin de Sainte-Menehould, sur les hauteurs de Valmy, un terrain favorable où il pût attendre le choc des forces coalisées.

Une panique se produisit à l'arrière-garde.

Quinze cents hussards prussiens envoyés en reconnaissance chargèrent les volontaires et mirent le désordre dans leurs rangs; mais le centre tint bon, refoula l'ennemi, et la marche s'acheva sans qu'on eût perdu ni un prisonnier, ni un canon.

Le bataillon de Louis n'avait point pris part à ces mouvements.

Sous les ordres du brave général Chazot, il abandonna les défilés de l'Argonne pour rejoindre le commandant en chef avec les troupes de Beurnonville.

Dans la nuit du 17 septembre 1792, le jeune volontaire, couché sous la tente, sentant approcher une vraie bataille, s'endormit et fit un rêve étrange.

Il revit par la pensée les personnages et les scènes que nous venons de décrire.

Pendant son sommeil, Mlle de Marchenoir lui apparut, non plus en robe rose pâle comme elle était lors de leur dernière entrevue, mais en sombres vêtements de deuil.

Son père et son frère avaient péri dans la tourmente.

N'osant retourner au château d'où la haine des paysans l'avait chassée, elle se mettait sous la protection de son ami d'enfance, le suppliant de l'accompagner en Allemagne, où des amis sûrs l'attendaient.

La grâce touchante de ses gestes, la distinction suprême répandue dans toute sa personne, surtout l'ancien ascendant que les traditions féodales, la supériorité de son rang lui avaient assuré sur le petit jardinier, lui faisaient oublier son engagement, son devoir envers la patrie. Ne voyant plus que le danger couru par la fille de son seigneur, il fuyait avec elle à travers bois, désertait son poste d'honneur en présence de l'ennemi!

Toute la nuit, il haleta dans un songe pénible, à la suite de la noble châtelaine, rendue plus intéressante encore par ses malheurs immérités.

Une compagnie de tirailleurs les poursuivait infatigablement.

Les fourrés devenaient inextricables, la terre

glaise, humide, s'éboulait sous leurs pieds, les forçant à piétiner sur place, quand ils auraient voulu posséder des ailes pour échapper à leurs persécuteurs...

Enfin, la poitrine comprimée par cet horrible cauchemar, Louis se vit prisonnier du sergent Lachamade, qui voulait faire fusiller le transfuge sur place, et commandait le peloton d'exécution.

Écrasé d'opprobre, pour échapper à cette honte suprême, il suppliait ses anciens compagnons d'armes de lui permettre de mettre fin lui-même à ses tristes jours, et, tirant son sabre, il s'en perçait la poitrine.

Aussitôt, par la magie du rêve, un changement extraordinaire s'opérait dans sa personne

Il prenait la forme de cette pauvre libellule qu'il avait vue à Marchenoir, agoniser entre les doigts roses de Clorinde, et son épée n'était autre que l'épingle qu'elle avait prise dans ses cheveux pour en transpercer l'insecte.

Quand il se réveilla en sursaut, ses oreilles bourdonnaient encore de la phrase entendue jadis :

— « *N'est-ce pas un honneur que de mourir pour me parer?*

Heureusement cette fantasmagorie de mauvais augure s'évanouit au chant clair de la diane qui sonnait le retour du jour.

Louis secoua son engourdissement, se baigna le visage en eau fraîche, et rejoignit les camarades.

Kellermann arrivait avec son corps d'armée.

On allait enfin en découdre!

Tout le monde était joyeux, l'alouette gauloise gazouillait gaiement au soleil levant.

A quelques lieues de là, la ferme de l'ami Dubois, située dans les environs de Valmy, retentissait du choc des verres.

On avait dressé la table sous une verte tonnelle ombragée de pampres.

Des brigades passaient incessamment, gagnant les hauteurs au pas accéléré.

André Delahaye et son vieux voisin causaient, assis, le verre en main.

De temps en temps, le jupon rouge. le corsage de velours noir et le joli minois de Jeanne paraissaient à la porte du fond.

Le trousseau de clefs de la ménagère pendu au tablier, elle jetait un coup d'œil rapide sur la route poudreuse où roulaient les pièces d'artillerie, où passaient les voltigeurs haut guêtrés, sonnant des fanfares dans leurs cornets de cuivre, puis elle rentrait bien vite en la vaste cuisine, pour s'occuper des soins du ménage.

— Eh bien, André, disait Dubois, voici une belle journée qui doit compter parmi les meilleures de ta vie!

— Oui, répondait le meunier. Si mes pauvres jambes pouvaient encore supporter la fatigue des marches et des contre-marches, je crois que je reprendrais le mousquet, car je suis resté soldat de cœur, vois-tu, et de penser que j'vas tout à l'heure embrasser mon cher petiot, ça me rend fou de joie!

Le fermier sourit.

— Ton cher « petiot » a près de cinq pieds six pouces, s'écria-t-il avec bonne humeur, et l'on peut dire qu'il marche honorablement sur les traces de son père.

— Je m'en vante! s'écria André. C'est pourquoi je te parlais encore tout à l'heure du projet que je caresse pour l'avenir. On ne peut pas toujours tirer des coups de fusil. Quand la paix sera signée, il faudra bien retourner à la charrue, car sans le blé, rien ne va plus.

Je possède deux mille écus qui ne doivent rien à personne. Avec cela, si Mlle Jeanne n'éprouve pas trop d'antipathie pour Louis, et si un mariage qui unirait nos deux familles ne te semble pas une mésalliance, nous pourrons les installer dans ta petite ferme de Terre-Franche, en y joignant le Pré-Colibert. Ce sera l'apport du marié... Qu'en dis-tu?

— J'ai déjà consulté ma fille délicatement sur ce sujet, répliqua le fermier avec une lenteur calculée. Elle n'éprouve aucune répugnance pour cette idée, mais... es-tu sûr que ton fieu y ait pensé de son côté, et que ça lui sourie?

— Oh! je m'en porte garant. Jeanne et lui ne sont-ils pas amis d'enfance? D'ailleurs, il le sait, je n'ai pas d'autre désir que d'assurer son bonheur.

Absorbés par cette causerie, les deux amis avaient cessé de prêter l'oreille aux bruits du dehors.

Tout à coup, Jeanne, rose de plaisir et d'animation, fit irruption sous la treille.

— Les voilà, cria-t-elle, les voilà! N'entendez-

Cinq minutes après, le grenadier français se jetait dans les bras de son père.

vous pas les tambours? J'ai reconnu les habits bleus... Ce sont nos grenadiers!

Le meunier se fit un abat-jour de sa main.

— Oui, dit-il d'une voix que l'émotion faisait vibrer, ce sont eux... Jarnibieu! mon cœur bat la charge!

Une vaste plaine coupée par la route s'étendait en face de la ferme.

Le bataillon de Louis s'y arrêta, forma les faisceaux, et s'installa pour faire la soupe.

Cinq minutes plus tard, l'ancien jardinier du manoir de Marchenoir, devenu grenadier français, se jetait dans les bras de son père.

Depuis près d'un mois qu'il portait l'uniforme, un changement notable s'était opéré dans sa contenance.

Il avait acquis de l'assurance et de la fierté.

Sa moustache naissante accentuait les traits de son visage régulier qu'ombrageait le vaste tricorne surmonté d'un pompon rouge.

— Quelle joie de te revoir ! exclama André Delahaye, l'étreignant contre sa poitrine.

— Et moi, beau soldat, dit Dubois, on ne me reconnaît donc plus ? Mordienne ! quand je pense que je t'ai vu haut comme un chien assis, je n'aurais jamais cru que tu deviendrais si grand et si fort !

— Faites excuse, m'sieu Dubois, répondit Louis lui serrant la main. Je vous reconnais, mais vous comprenez... mon vieux père passe avant tous !

Il salua Jeanne avec un certain embarras, et la jeune fille qui avait fait un mouvement pour lui tendre sa joue comme autrefois, s'arrêta interdite.

— Embrassez-vous, mes enfants, s'écria le fermier... le cœur sur la main, en bons voisins, je vous le permets... Laissons les révérences cérémonieuses aux aristocrates, et surtout, jarni, buvons un coup! Voilà un gaillard qui doit avoir soif, s'il chemine depuis l'aurore!

— On ne voit plus la couleur de ses guêtres, ajouta Jeanne... Venez, monsieur Louis, que l'on vous brosse, et qu'on vous donne du linge frais.

— Mets-toi à l'aise, fieu, fit André. Passe-moi ton chapeau, ton habit, le sabre, le havresac, le fusil, tout le tremblement, quoi! on est mieux en manches de chemise par ce beau temps d'automne. Je vais astiquer ton fourniment. Eh! eh! ça me connaît!... Ta chambre est prête à la maison du papa Dubois. Tu n'y trouveras rien de changé, elle t'attend.

— Merci, mes bons amis, merci. Je ne profiterai guère de votre cordiale hospitalité, fit Louis, car on se bat demain, et nous repartons ce soir pour occuper nos positions dès le point du jour.

— Ah! murmura le meunier subitement attristé, sitôt?... Dire qu'il suffit d'un misérable grain de plomb...

Il secoua la tête pour chasser ses idées noires.

— Bah! ne pensons qu'à la joie de nous revoir. Trinquons à la santé de notre chère France! Viens, mon enfant, prendre un peu de repos, pendant que Mlle Jeanne apprête le dîner.

Si j'en crois l'odeur de sa cuisine, elle va nous servir une fameuse soupe aux choux... Tu l'as bien gagnée!

— Ce n'est pas de refus, père. Dix lieues d'étape le fusil sur l'épaule.

Le temps de serrer la main à quelques amis, et je te rejoins.

— Fillette, cria Dubois, tire le plus vieux vin du cellier !

Jeanne rentra dans la maison avec André Delahaye.

Louis flânant alla saluer quelques vieilles connaissances.

Dubois resta sous la tonnelle, à monologuer tout seul en attendant que la nappe fût mise.

— Les braves gens, murmurait-il. Ça vous réchauffe le cœur de les voir et de les entendre ! Ah ! Messieurs les Prussiens, les nobles et leurs protégés n'ont qu'à bien se tenir... Croirait-on que ces drôles osent envoyer leurs émissaires jusqu'ici pour nous épier sous le couvert des bois?... le pays en fourmille...

Il tressaillit brusquement.

— Voici encore une fois ce personnage suspect que j'ai vu rôder ce matin autour de la ferme... Qui peut-il être?... J'aurais dû lâcher les chiens à ses trousses !

L'individu dont les allures louches faisaient naître ses soupçons avait en effet l'air d'un voyageur peu soucieux d'attirer l'attention sur sa personne.

Enveloppé d'un ample manteau de drap noir, chaussé de bottes crottées qui avaient dû fournir une longue traite par des chemins abominables, il s'avança vers un soldat qui fumait tranquillement sa pipe en attendant le « rata », et se fit indiquer Louis, lequel retournait à pas lents vers la ferme.

— Tiens, pensa Dubois, de plus en plus intrigué, il connaît notre ami ? Que peut-il avoir à lui dire?...

Pensant que le jeune grenadier allait amener son interlocuteur pour continuer la conversation sous la tonnelle, il se tint coi, et continua de les observer avec la plus grande attention.

Tout à coup, un trouble extraordinaire se manifesta dans la contenance de Louis Delahaye.

L'homme mystérieux s'était découvert devant lui et venait de prononcer ces paroles, avec un accent étranger fortement caractérisé :

— Monsieur, la comtesse Clorinde de Marchenoir m'envoie vers vous à travers mille dangers. Elle est blessée, dans les bois, à une lieue d'ici, et voudrait vous revoir une dernière fois avant de mourir. Si vous consentez à m'accompagner, je vous servirai de guide.

Le jeune homme pâlit affreusement.

— Ah! murmura-t-il, mon rêve de cette nuit était donc un pressentiment?

Cependant, il n'hésita pas une seconde.

Un souvenir d'enfance, un profond attachement quasi fraternel le liait à la châtelaine. Pouvait-il lui refuser cette suprême entrevue?

D'ailleurs, en faisant diligence, il comptait bien

rentrer au camp avant la marche du bataillon sur Valmy.

— Impossible d'aller reprendre mon habit, murmura-t-il ; il me faudrait donner des explications à mon père.

Incapable de mentir, il frissonnait à cette pensée.

L'homme noir lui jeta son manteau sur les épaules.

— Venez, suivez-moi, dit-il.

En les voyant de loin s'apprêter à fuir, Dubois eut une appréhension qui le remplit d'épouvante.

— Où courez-vous? cria-t-il.

Au son de cette voix amie, le pauvre Louis se retourna, fit un grand geste que l'autre ne comprit pas, et disparut dans les taillis.

IV

L'APPEL

En voyant disparaître Louis, le premier mouvement du fermier fut de s'élancer à sa poursuite; mais, sous le coup de l'émotion qu'il éprouvait, ses vieilles jambes se dérobèrent, et il dut se cramponner à la table pour ne pas tomber la face contre terre.

Ainsi donc, celui auquel il avait espéré donner le doux nom de fils, celui auquel il destinait la main de sa Jeanne, n'était qu'un traître à la patrie!

Il entretenait des conciliabules avec les émissaires de Brunswick!

Ah! Dubois comprenait maintenant la cause des larmes que Louis avait versées, le jour où, cédant à un mouvement spontané de la population de Grand Pré, il s'était vu forcé de prendre place parmi les défenseurs du sol.

Le vieillard se rappelait l'attitude hésitante,

l'évanouissement du fils d'André en cette circonstance...

Oui, plus de doute, il avait failli donner sa fille à un transfuge!

Il restait foudroyé d'angoisse et de stupeur, quand une voix joyeuse lui cria aux oreilles :

— Eh! à quoi pensez-vous? la soupe fume sur la table.

C'était Jeanne qui venait remplir ses fonctions de dame du logis.

— Où donc est notre ami Louis? ajouta André avec jovialité? voici la première fois qu'il manque à l'appel du potage.

— ... Pourvu qu'il ne manque qu'à celui-là, grommela Dubois d'un air sombre.

— Que veux-tu dire?

— Il vaut peut-être mieux que tu ne le saches pas...

— Oh! père, tu m'effraies! exclama Jeanne.

Une inquiétude indéfinissable se lisait sur la physionomie de la jeune fille et du meunier.

Ce dernier secoua violemment le bras de son ami :

— Parle, cria-t-il, mais parle donc!

— Eh bien, tu te rappelles ce que je t'ai dit tantôt à propos d'un voyageur suspect, un homme en manteau à triple collet que j'ai vu errer dans les environs, le chapeau rabattu sur les yeux, cherchant, sans doute, à se procurer des renseignements.

— Quelque espion?...

— J'ai vu Louis, après une courte conversation avec lui, se sauver tout à l'heure, en sa compagnie.

— Mon fils?... Es-tu fou?

— Je l'ai vu, comme je vous vois. Je l'ai appelé, il m'a fait un signe d'adieu... Hélas, il n'y a pas à douter!

André Delahaye était devenu plus blanc que la nappe.

— Malheur sur nous! balbutia-t-il. Mon Louis trahirait?... Désertion devant l'ennemi la veille d'une bataille! Mais, c'est...

— C'est la mort, acheva Dubois, le code est formel.

Anéanti, le meunier s'abattit sur sa chaise.

— Par où sont-ils partis? demanda Jeanne, les yeux secs, la voix résolue.

Son père étendit une main dans la direction des bois.

— Ils ont pris le chemin qui mène à la Croix de pierre, répondit-il d'une voix éteinte.

Sans ajouter une parole, la jeune fille courut à la basse-cour, déchaîna le chien de garde, lui fit flairer l'habit bleu du soldat, puis, rentrant dans sa chambre, elle s'enveloppa d'une mante, et partit à pas rapides, précédée de Miraut qui tirait sur sa laisse.

Comme elle avait fait un assez long détour pour ne pas être vue, ni André, ni son ami ne s'aperçurent de son départ. Le meunier, accoudé sur la table, les lèvres tremblantes, regardait fixement devant lui.

Ses traits contractés exprimaient un si profond désespoir que, malgré sa conviction intérieure, Dubois regretta la rudesse de sa franchise.

Le meunier, accoudé sur la table, les lèvres tremblantes, regardait fixement devant lui.

— Après tout, murmura-t-il avec effort, Louis va peut-être revenir... Qui sait? Il se peut qu'on ait usé de subterfuge pour l'attirer hors du camp.

Un vague rayon d'espoir brilla dans les yeux du père.

— Oui, c'est cela... quelque aventure dont nous ne pouvons nous rendre compte. Il ne faut pas s'effrayer à tort; je connais mon fieu... esclave du devoir! Vois-tu, il a probablement cru bien faire. Il fallait une raison sans réplique pour qu'il nous abandonnât en un pareil moment.

Attendons; nous allons le revoir. Il nous expliquera tout.

Les deux amis plongèrent leurs regards dans les yeux l'un de l'autre pour s'entre-rassurer.

Sous une fausse apparence de tranquillité, une horrible angoisse s'y trahissait malgré leurs efforts.

— Si nous attaquions la soupe, suggéra Dubois... Holà, Jeanne!... où donc est allée cette petite fille?

Il servit lui-même le potage et fit mine de se jeter sur son assiette afin de se donner une contenance.

— Je ne puis manger, dit André, posant la cuiller, c'est plus fort que moi.

— Allons donc, grogna le fermier, bois une rasade de vieux vin, cela te remettra... C'est égal, le petit gredin n'a qu'à bien se tenir. A son retour, je vais lui laver la tête, car il nous aura tout de même causé une fameuse peur!

— ... Et si ses chefs lui faisaient laver la tête *avec du plomb?* murmura André d'une voix sombre.

— Toujours ces idées noires! J'en conviens, j'ai eu tort de parler étourdiment.

Je regrette de t'avoir dit...

— Oh! ton silence n'eût servi de rien.

Son absence parle assez haut.

— Mais, que diable, le bataillon ne se mettra pas en marche avant deux heures. D'ici là, nous le reverrons sûrement...

— S'il ne revient pas, je le sauverai quand même, dussé-je y laisser ma peau.

— Que comptes-tu faire?

— Tu verras!

Brusquement, ils s'interrompirent.

Le sergent Lachamade entrait sous la tonnelle, en se dandinant avec majesté, selon son habitude.

— Pardon, excuse, messieurs, dit-il de sa voix de rogomme. Est-ce que vous n'aureriez pas vu le soldat Louis Delahaye, de ma compagnie?

— Il est allé faire visite à quelques amis du pays, répondit Dubois tout tremblant; mais, s'il s'agit d'une affaire de service, nous allons l'envoyer chercher.

— Ne seriez-vous pas le nommé Dubois, par hasard? demanda le vieux sous-officier frisant sa moustache.

— ... Pour vous servir, mon brave.

— Il m'a dit comme ça : sergent Lachamade, qu'il m'a dit, vous êtes un vrai lapin. Pour lors, à la prochaine étape, nous viderons une fière bouteille ensemble, qu'il m'a dit, chez le fermier Dubois, dont auquel je suis son ami.

— Parfait! s'écria André, lui tendant la main. Nous vous attendions, sergent. Il nous a priés de l'excuser près de vous... Une visite aux camarades... Vous savez ce que c'est, la jeunesse! Vous nous ferez bien l'honneur de dîner avec nous, hein?

— L'honneur, elle est partagée, répliqua le sergent, exécutant un salut militaire.

Dubois, qui avait reçu de Delahaye un grand coup de coude dans les côtes en signe d'intelligence, s'empressa d'appuyer l'offre du meunier.

Après avoir accroché son baudrier de buffleterie aux rameaux de la treille, Lachamade s'attabla sans plus de façons.

Il dévora la soupe, les choux, le lard, avec un appétit digne d'éloges.

Dissimulant leurs angoisses, les autres faisaient semblant de lui tenir tête.

Ils remplissaient son verre jusqu'au bord et causaient de l'absent.

— Un rude gars, disait le sergent, toujours astiqué, pomponné, reluisant... Ça manœuvre comme un ancien... Il a l'épaulette de capitaine dans sa giberne, celui-là. J'en réponds!

La large hospitalité dont il était l'objet pouvait, à la rigueur, expliquer ces louanges intéressées de la part du vieux soldat.

Pourtant on y distinguait un accent de sincérité qui allait droit au cœur des auditeurs.

Les bouteilles étaient vides, le soir tombait.

— Il ne revient pas! murmurait André, dont la tristesse commençait à percer, en dépit de ses efforts.

— Attendons encore, répondait Dubois.

Mis en joie par de copieuses libations, Lachamade avait entonné une vieille chanson de caserne :

Malgré la bataille
Qu'on livre demain,
Çà, faisons ripaille...

Un bruit de clairons éclata dans la plaine :

Il se leva brusquement, s'affermit sur ses jambes, remit son baudrier d'ordonnance.

— Comme le temps passe! s'écria-t-il. Voici déjà le moment de quitter la compagnie. Sacrebleu! Et ce clampin qui n'est pas encore de retour! A moins qu'il n'ait rejoint son rang sans passer par ici... La jeunesse manque d'égards envers ses amis.

— Impossible, balbutia André Delahaye, son uniforme est ici, dans la ferme.

Le sergent tordit sa moustache grise.

— Tudieu, grogna-t-il, pour lors, la chose me paraît grave.

— S'il ne rentre pas à temps et qu'il ne puisse partir avec vous, que lui arrivera-t-il, dites?

— Il sera considéré comme déserteur, et si on le repince, il sera fusillé. C'est l'ordre.

Le meunier se précipita à ses genoux qu'il embrassa, tout en larmes.

— Je suis son père, cria-t-il, aidez-moi à sauver

Je suis son père, aidez-moi à sauver ce malheureux.

ce malheureux; au nom de ce qu'il y a de plus sacré dans un cœur d'homme, je vous en supplie!

Stupéfait de ce drame inattendu, Lachamade, qui pourtant en avait vu « de toutes les couleurs » au cours de sa carrière aventureuse, se dégrisait par degrés.

Il s'était mis au port d'armes, et, dissimulant son émotion sous une attitude inflexible :

— Bien sûr, murmura-t-il, c'est dur tout de même... douze balles dans le torse à un si beau grenadier!... Et d'vant son papa qui vous a reçu-z-avec tant d' politesse... Mais que voulez-vous? La loi est-z-égale pour tous. En présence de l'ennemi, il ne s'agit pas de plaisanter... Qu'y puis-je faire?

— Je prendrai sa place. A la faveur de l'obscurité, vous pouvez fermer les yeux sur cette substitution; de cette façon, nous attendrons les événements.

— Mais vous le savez, demain on va taper ferme sur les hacheurs de paille...

— Qu'importe! ma vie appartient à la patrie aussi bien que la sienne.

Le sergent agita et approfondit la question dans son obscure cervelle. Delahaye attendait sa décision comme un arrêt de vie ou de mort.

— Du moment où vous nous rendez homme pour homme, j' veux bien, moi, si ça peut vous obliger, dit enfin Lachamade. C'est égal, vous êtes un vrai citoyen, vous!

Il tendit à André sa large main calleuse.

— Tu fais là un héroïque sacrifice, s'écria Dubois; je ne t'en aime que davantage, et je t'admire du fond du cœur.

— J'accomplis mon devoir, répondit simplement le meunier.

Il courut à la chambre de Louis et, quelques minutes plus tard, revint avec l'habit, les armes et le chapeau de son fils.

Au roulement des tambours, les soldats joyeux se groupaient par compagnies.

Sac au dos, le meunier prit place à la gauche de Lachamade.

Sur l'ordre du capitaine, le sergent commença l'appel de ses hommes :

— Pilloë?

— Présent!

— Grégoire?

— Présent!

— La Jeunesse?

— Présent!

— Delahaye?

Il se fit un silence.

— Delahaye? répéta Lachamade d'une voix étouffée...

— Présent!!! tonna l'accent clair d'André Delahaye.

L'appel continua.

V

ROSE BLANCHE ET ROSE ROUGE

SUIVANT son guide, Louis s'était enfoncé hardiment dans l'étroit chemin qui menait tout droit à la Croix de pierre, simple monument rustique élevé jadis au coin d'un carrefour de chasse.

Des pluies récentes avaient détrempé le sol, et sous l'ombre des futaies le soleil ne parvenait pas à durcir les sentiers argileux.

Tout en arpentant le terrain au pas de gymnastique, Louis, l'âme troublée, interrogeait son compagnon; mais ce dernier semblait avoir perdu l'usage de la parole.

Il se contentait de marcher rapidement à côté du grenadier, prêtant l'oreille au moindre bruit, et faisant des signes pour lui recommander la prudence.

De temps en temps, une branche courbée se redressait à leur approche, les frappant d'immobilité, puis, le vol d'un oiseau effarouché leur expliquait la cause de ce bruit, et ils reprenaient leur course folle.

Parvenu à la croix verdie de mousse et de lichens, le guide mystérieux prit délibérément sous la futaie une sente qui semblait tracée par des sangliers, et qui aboutissait à une spacieuse clairière.

— Baissez-vous, dit-il.

Aveuglé par les branchages qui se croisaient devant lui, Louis le suivit en se protégeant de son mieux du collet de son manteau.

— Nous sommes arrivés, ajouta l'homme avec un soupir de satisfaction.

Le fils du meunier leva les yeux.

Il aperçut d'abord deux chevaux sellés qui paissaient l'herbe en liberté, puis, au pied d'un talus naturel, une amazone assise, le visage ombragé d'un large chapeau de feutre gris.

C'était Clorinde de Marchenoir.

En la reconnaissant, il courut à elle.

La fille du comte s'était levée brusquement.

— Que me dit-on? Vous êtes blessée?...

— Ce n'est rien, répondit-elle avec son sourire exquis. Ma berline a reçu quelques coups de feu... on a même cassé les glaces, mais je n'ai pas été sérieusement atteinte.

Arrêté dans son élan cordial par ces tranquilles

paroles, le jeune homme demeurait hésitant à quelques pas.

— On m'avait dit... Je vous croyais mourante...

— Regrettez-vous qu'on se soit trompé, demanda-t-elle avec une nuance d'ironie.

— Oh! non, je suis heureux de vous revoir!

Elle adressa un signe impérieux au domestique, qui s'éloigna sous prétexte de vérifier l'état du harnais des chevaux.

— Et moi donc! murmura la jeune femme en s'emparant des mains de Louis qu'elle pressa dans les siennes avec affection, croyez-vous que j'aie oublié notre dernière entrevue? Non! vos paroles si franches résonnent encore à mes oreilles. En dépit des influences qui vous entourent, vous êtes des nôtres, j'en suis sûre...

Jamais sourire plus séduisant n'avait prêté son charme à d'insinuantes paroles. Louis se trouvait en présence d'une fée maligne.

Il la regarda avec appréhension.

— Mam'selle Clorinde, balbutia-t-il, je suis venu parce que je vous croyais dangereusement blessée. J'ai cru accomplir un devoir sacré; sans cela, je serais resté à mon poste... Je ne veux pas trahir mes compagnons d'armes.

—Combien sont-ils?

Louis allait répondre.

Une subite réflexion le rendit muet.

— Il y a le corps de Dumouriez, ceux de Beurnonville, de Chazot, et peut-être aussi les brigades de Kellerman. Vous voyez que je suis bien renseignée... Combien cela fait-il de combattants?

Louis garda le silence.

— Vous ne voulez pas parler, exclama douloureusement la jeune femme, vous refusez de nous aider à enrayer le mouvement révolutionnaire? Il nous emportera tous! N'avez-vous pas appris les massacres de l'Abbaye? Savez-vous que les prisons regorgent de nobles, que nos biens sont confisqués?... Voudriez-vous voir promener cette tête au bout d'une pique?

Par un geste tragique qu'accentuait encore l'expression de ses yeux, elle rejeta son chapeau en arrière, découvrant son front admirable couronné de cheveux poudrés.

Subjugué par l'ascendant de ses malheurs et de sa noblesse, le grenadier restait hésitant, bouche bée; des larmes lui montaient du cœur aux paupières.

— Écoutez, ami, reprit la châtelaine de Marchenoir, mon frère Roger est mort pour son roi à la Croix aux bois. Mon père expire en exil... Bientôt, je resterai seule au monde. Je comptais sur vous pour être mon soutien, mon compagnon dans la vie. Allez-vous manquer à la parole donnée? Me suis-je trompée en vous accordant ma confiance?

— Non, Clorinde, quoi qu'il advienne, vous pourrez toujours compter sur moi.

— Ah! fit-elle d'une voix caressante, je retrouve là le bon camarade de mon enfance, le petit Louis de mes jeux... Que vous fait le triomphe d'une armée de manants, quand il s'agit de rétablir tout ce qu'il y a de sacré sur terre, l'autorité du roi, le pouvoir des nobles, les vieilles coutumes qui régissent le peuple depuis treize cents ans? N'êtes-vous pas un loyal sujet, fidèle aux lois de vos ancêtres? Et n'est-ce pas pour cela que je vous ai donné la main comme à un frère?

Il allait répondre, protester de son dévouement, quand une voix stridente retentit dans le taillis.

— Louis Delahaye! criait cette voix, que faites-vous ici?

En même temps, Jeanne, écartant le feuillage, s'avança dans la clairière la tête haute, les lèvres frémissantes.

En reconnaissant la fille de Dubois, le jeune soldat se sentit couvert de confusion.

Elle marchait droit à lui, sans paraître apercevoir Clorinde, qui la toisait avec dédain.

A voir ses petits souliers boueux, ses jolis bas à coins, éclaboussés par l'eau des flaques, sa mante déchiquetée, dont les lambeaux étaient restés accrochés aux ronces, on devinait qu'elle était venue de la ferme toujours courant.

Miraut, à qui elle avait imposé silence au premier aboiement, se serrait contre elle pour la protéger.

Placé entre ces deux influences contraires, Louis baissait les yeux comme un enfant pris en faute.

Un combat terrible se livrait en lui-même.

Laquelle l'emporterait, de la grande dame en faveur de qui plaidaient la grâce touchante du malheur, la distinction innée d'une race supérieure, le charme suprême de la beauté, ou de la simple paysanne, belle également d'une beauté plus rude, parlant au nom de l'Honneur et de la Patrie?

Celle-ci s'arrêta, pressant sa poitrine à deux mains, la tête renversée en arrière, si haletante, qu'elle ne pouvait plus prononcer un mot.

Louis s'élança pour la soutenir.

Elle le fixa de ses yeux enfiévrés :

— Malheureux, répéta-t-elle, que faites-vous ici, à l'heure où vos camarades sont déjà en marche pour la bataille?

— Je crois que l'on vous interroge... ricana la comtesse avec hauteur.

— Je suis venu pour accomplir un devoir, balbutia le soldat. On m'avait assuré que Mlle de Marchenoir, ma sœur de lait, courait le plus grand danger.

— Et vous n'avez pas compris que l'on vous tendait un piège?... que c'était une ruse abominable pour vous faire manquer au devoir, vous engager peut-être à prendre parti contre vos frères?

— Louis, interrompit Clorinde, n'écoutez pas cette folle, souvenez-vous de vos promesses.

— Taisez-vous, madame, s'écria la fille du fermier, vous l'avez appelé de loin, sans risquer votre précieuse liberté, sans même vous arrêter à cette pensée que, pour entendre vos dangereux conseils, il joue sa tête, et que demain, ce soir peut-être, il sera fusillé dans le dos comme un lâche!

Moi, j'ai fait deux lieues à travers ces bois infestés de vos espions... J'ai tout oublié pour accourir et le sauver.

— Bonne petite Jeanne! exclama le soldat tout en pleurs.

La jeune paysanne se tourna vers lui.

— Allez, suivez cette femme; vos compagnons d'armes se battront sans vous, votre père se tuera de chagrin, et... ceux qui vous aiment, ajouta-t-elle d'une voix sombre, vivront dans la honte de ce souvenir.

Un éclair de colère brilla dans les yeux fiers de Clorinde,

— Qu'est-ce à dire, pécore, vous m'insultez, je crois?

Elle jeta à son domestique un ordre en langue allemande. Ce dernier s'avança menaçant vers la paysanne. Miraut grogna, montra les crocs.

Mais l'hésitation douloureuse de Louis était passée.

Les paroles de Jeanne avaient enfin rompu le charme qui le tenait captif.

Son poing s'abattit sur la large face du drôle, qui recula dans la direction de son cheval.

D'un bond, le soldat, devinant sa pensée, atteignit les fontes, où il s'empara des pistolets d'arçon.

D'un bond, le soldat, devinant sa pensée, atteignit les fontes, s'empara des pistolets d'arçon et mit son adversaire en joue.

— Si tu la touches, coquin, tu es mort!

Son adversaire, terrifié, voyant à quel homme il avait affaire, balbutia des paroles d'excuse.

Une expression de rage contracta le beau visage de Clorinde.

— Ainsi, dit-elle lentement, vous m'abandonnez!... Que vais-je devenir maintenant, moi qui n'avais plus d'autre protection que vous en ce monde?

Le pauvre Louis contempla tour à tour son bon et son mauvais génie.

Une sueur d'angoisse perlait à ses tempes.

— Ah! soupira-t-il, pourquoi suis-je né?

Jeanne réfléchissait profondément.

Tout à coup, elle releva la tête, et, s'adressant à la châtelaine de Marchenoir après quelque hésitation :

— Écoutez, madame, si vous êtes sincère... si vraiment vous n'êtes venue en ce lieu que pour y chercher une protection, vous l'avez trouvée.

Donnez-moi franchement la main, venez à la ferme de mon père.

Ses opinions, son influence sont bien connues dans le pays. Il vous cachera, vous sauvera.

Je vous jure que, lui et moi vivants, nul n'osera toucher un cheveu de votre tête.

— Acceptez, Clorinde, acceptez l'offre que vous fait ce noble cœur, supplia le soldat, ému de tant d'abnégation.

— Vraiment, c'est trop de bonté, fit l'émigrée d'un ton sarcastique.

Devenir la très humble obligée de cette petite Jeannette... lui devoir de la reconnaissance, et, qui sait? peut-être aller garder les dindons avec elle?. . Vous n'y pensez pas!

A ces hautaines paroles, Louis, indigné, réprima un cri de colère.

— Disposez donc de votre sort à votre guise, dit-il froidement.

Mlle de Marchenoir s'élança en selle avec une légèreté qui ne laissait subsister aucun doute sur la fausseté des blessures qu'elle prétendait avoir reçues.

— Après la leçon que vous donnera demain Sa Majesté de Prusse, fit-elle d'un ton méprisant, je vous promets de retourner à la ferme et au moulin sous bonne escorte. Je saurai alors traiter chacun selon ses mérites. Au revoir!

Sur cette menace, elle cravacha sa monture et, sans regarder en arrière, lui fit prendre le galop dans la direction de l'Argonne.

Son valet mettait déjà le pied à l'étrier pour la suivre, mais Louis l'arrêta du geste.

— Vous irez à pied, s'il vous plaît, mon drôle, s'écria-t-il, je réquisitionne ce cheval... au nom de l'armée française!

Il enfourcha la bête sans autre cérémonie, et tandis que le garde du corps de l'émigrée courait après sa maîtresse en vociférant des jurons inintelligibles, il aida Jeanne à sauter en croupe.

Maintenu par deux genoux vigoureux, le cheval prit le chemin opposé à celui que suivait Clorinde.

Sous la futaie, l'obscurité était presque complète. Quand ils en sortirent, les premières étoiles commençaient à scintiller.

— Les amis sont partis sans moi, murmura Louis, mais je les rejoindrai, quand je devrais crever le cheval. Avant tout, il faut que je vous ramène chez vous...

— Vous n'en aurez pas le temps, répondit la paysanne, qui sauta légèrement sur le sol. En plaine, je ne cours plus aucun danger. Au besoin, Miraut saurait me défendre.

Quittons-nous ici, partez ventre à terre... Sauvez votre honneur avant tout !

— Jeanne, dit le fils du fermier d'une voix profonde, vous avez fait aujourd'hui une action qui m'attache à vous pour la vie...

Elle lui coupa fiévreusement la parole.

— Vous me direz ces choses au retour, si Dieu vous garde. Chaque mot que vous prononcez à présent représente à mes yeux une année de votre existence qui fuit, perdue pour nous tous.

Si vous devez mourir demain, que du moins vous ne tombiez pas sous des balles françaises.

— Rassurez mon père... dites-lui...

— Je vous le promets... Adieu !

Elle s'éloigna dans l'ombre du soir.

Le cheval, talonné avec furie par son cavalier, bondit, crinière au vent, sur la route de Valmy.

VI

BON SANG NE PEUT MENTIR

APRÈS un rude temps de galop, Louis atteignit l'arrière-garde d'une troupe qui cheminait au pas redoublé.

— De quelle demi-brigade êtes-vous? demanda-t-il à un voltigeur.

— Nous sommes les sans-peur de la treizième, répondit fièrement le casque à chenille.

— Savez-vous où se trouve la quinzième?

— Il y a quatre-vingt-dix mille hommes en marche de ce côté, riposta en riant son interlocuteur, et il fait nuit noire. Tu cherches une aiguille à tâtons dans une meule de foin.

Le mieux est de nous suivre... Demain matin, tu la trouveras plus facilement.

De peur de s'égarer davantage, le fils du meunier se résigna.

Il poussa son cheval près de la petite charrette de la vivandière, et prit le pas au dernier rang.

Oh! combien longues lui parurent les heures de cette marche interminable, pendant qu'il se rappelait les scènes auxquelles il venait d'assister, se représentant la douleur, l'inquiétude de son père, atténuées peut-être par le dévouement de la petite Jeanne.

— Voilà celle qu'il fallait choisir pour ta fiancée, se répétait-il sans cesse. Comment un pareil trésor a-t-il pu rester si longtemps près de toi sans que tu l'aies découvert? Aveugle et fou, tu n'avais d'yeux que pour la fée du château!... Si, grâce à elle, il ne t'arrive pas malheur, il faudra la demander à son père; mais, après t'avoir vu si faible, si hésitant, consentira-t-elle à porter ton nom?

Le commandement « halte » retentit enfin en tête de la colonne.

Les tentes furent dressées, les feux s'allumèrent, la distribution des vivres commença.

Louis possédait encore quelque argent en poche. A son âge, l'estomac n'abdique pas.

Il n'avait rien pris depuis le matin.

La vivandière lui vendit un morceau de pain, une tranche de jambon dont il soupa; puis, moulu de fatigue, mais incapable de dormir, il s'étendit sur l'herbe, roulé dans le manteau du laquais de Clorinde.

Le ciel s'était couvert de nuages.

Un vent très doux soufflait sur la plaine.

Le jeune soldat entendait autour de lui un bruit confus qui semblait sourdre de terre, immense murmure d'une armée, fait du chant insoucieux des soldats, des frémissements du sol sous les pas des bataillons, du son rauque de l'artillerie et des fourgons.

La fièvre lui brûlait le sang... Cette longue nuit ne s'achèverait donc pas?

Il se tournait, se retournait sur la dure, comme saint Laurent sur son gril.

Malgré tout, une curiosité vaillante le tenait éveillé.

Le lendemain, gros d'événements, approchait à pas rapides...

Le soleil de Valmy poursuivait sa course. Bientôt, son rose avant-coureur allait franger l'horizon.

Que d'autres ne dormaient pas non plus autour de lui, sous les tentes!

On y entendait confusément des grognements et des bâillements, des rires et des jurons.

Avant que les clairons n'eussent sonné la diane, Louis se leva et se mit à inspecter le site où il se trouvait.

Plusieurs batteries de canons braquaient leurs gueules de bronze ou de cuivre à sa droite.

Les caissons se trouvaient en arrière, à l'abri dans une déclivité du terrain.

En face se dressaient des moulins, sur une butte; et, plus loin, s'élevait une autre hauteur, séparée de la première par une vallée pleine d'ombre, en pente douce.

Les Allemands étaient là.

Les deux camps, face à face, s'étendaient à droite et à gauche, à perte de vue.

Pendant qu'il observait tout ceci, l'aurore parut.

Les tambours battirent le réveil.

Sous un ciel nuageux, chacun reprit ses armes, et les petits conscrits de Kellermann s'alignèrent en bon ordre, à l'extrême gauche de Dumouriez.

A travers la brume automnale, on apercevait au loin les lignes noires des régiments prussiens.

Bientôt, un éclair fulgurant déchira ce nuage bleuâtre.

C'était le signal de l'attaque.

Les batteries allemandes vomirent des flammes.

Au vent de leurs boulets, Louis baissa instinctivement la tête, comme les autres.

C'était le « salut au brutal », dont se moquent les vieux soldats aguerris, mais auquel ne résistent pas les jeunes recrues.

Cependant, celles-ci devaient prouver en cette journée qu'elles savaient le braver comme les autres!

Les canonniers français étaient à leurs pièces.

Ils rendirent coup pour coup, et, pendant des heures, ce fut un formidable duo qui monta jusqu'aux nuages; les canons allemands hurlant : « Vous céderez! », et ceux des Français répondant : « Jamais! ».

Bataille de Valmy.

L'infanterie, immobile, recevait les coups sans reculer d'une semelle.

Louis avait jeté son manteau.

Couvert de sueur, en manches de chemise, il servait les pièces, transportait des munitions.

Tout à coup, plusieurs obus ennemis, habilement dirigés, mirent le feu aux caissons placés à l'arrière des batteries.

Une explosion formidable éclata.

On eût dit l'éruption subite d'un volcan.

Des débris, des lambeaux humains furent projetés en l'air.

Le jeune soldat s'était étendu sur le sol, à plat ventre.

Cette détonation, suivie de plusieurs autres, mit le désordre dans les rangs. On se crut attaqués par derrière.

Quelques cris de « sauve qui peut » retentirent, et les lignes oscillèrent.

Le sol, labouré par les boulets, était jonché de cadavres.

Louis profita de ce moment de tumulte pour s'emparer de l'habit, du chapeau et des armes d'un soldat mort.

Aussitôt équipé, il courut au premier rang.

Le moment était solennel.

Sur l'ordre du roi, qui voulait profiter de l'hésitation dont il distinguait des signes évidents dans les rangs français, les forces allemandes marchaient à l'assaut des hauteurs.

Louis regarda sans trembler s'avancer ces soldats superbes, en colonnes rectilignes, manœuvrant l'arme au bras, comme à la parade.

A cette vue, une trépidation électrique circula dans les rangs.

Allait-on fuir, ou tout braver?... Rester en place était impossible aux natures gauloises.

Le général Kellermann s'élança l'épée au poing au-devant des assaillants, en agitant son chapeau.

Un immense cri de : Vive la nation ! éclata sur le front de bandière.

Il se prolongea, s'éteignit, recommença de plus belle...

C'était comme le bruit de la mer furieuse sur une plage de galets; cela n'en finissait pas.

Les chapeaux s'agitaient au bout des fusils comme en un jour de fête... « Qu'ils y viennent donc ! La vieille Gaule les attend ! »

Le soleil sortit des nuages. Il inonda la plaine de ses rayons en présage de victoire, et, soudain, les baïonnettes s'abaissèrent à la hauteur des poitrines.

Tous s'élancèrent sur les pas de leur chef.

Louis marchait plus vite que les autres.

Un porte-drapeau tomba près de lui.

Il ramassa l'étendard, le fit flotter en l'air, et courut à côté du général

— Ton nom, l'ami? demanda Kellermann, s'arrêtant pour contempler son visage intrépide.

— Louis Delahaye, de Grand Pré.

— Va! Je m'en souviendrai.

Au creux du val l'armée prussienne s'arrêtait, hésitante.

— ... Quoi! ces conscrits prenaient l'offensive!

Ton nom, l'ami? demanda Kellermann, s'arrêtant pour contempler son visage intrépide.

Au lieu d'attendre l'attaque des régiments royaux, ils couraient à leur rencontre, et manifestaient un ardent désir de les aborder à l'arme blanche!...

C'était contraire à toutes les règles admises. Cette tactique nouvelle les stupéfiait

En même temps, le canon de Dumouriez, labourant leur flanc, en emportait des lignes entières. Ils reculèrent lentement, regagnèrent leurs positions, et M. de Brunswick fit cesser l'action.

Les Français couchèrent sur le champ de bataille. De ce côté retentissaient les rires et les chants joyeux. Sous la tente du roi de Prusse, au contraire, tous les fronts étaient soucieux.

Gœthe, le grand poète, qui accompagnait en amateur l'armée des alliés, au lieu d'égayer la veillée de ses quolibets ordinaires à l'adresse de « MM. les savetiers de France », restait plongé dans une rêverie profonde.

— A quoi songez-vous? lui demanda un noble émigré, surpris de son mutisme inaccoutumé.

Le philosophe releva la tête.

— A cette heure, répondit-il d'une voix grave, une ère nouvelle se lève sur le monde!

. . . .

Ce soir-là, l'auteur de *Faust* n'était pas seul plongé dans d'amères réflexions.

Au camp français, sous une tente du bataillon des grenadiers de la 15ᵉ, André Delahaye causait tristement avec son nouvel ami Lachamade.

Son fils, la fleur de son sang, se trouvait peut-être parmi les vaincus de la journée, à moins qu'il n'errât à travers champs, comme une âme en peine, à la recherche des soldats de Condé!

Une mortelle inquiétude le talonnait. En vain

le sergent s'efforçait de lui « remonter le moral » ; il ne voulait rien entendre.

— Pour lors, disait Lachamade, vous n'avez pas le sens commun. Puisqu'on ne l'a pas retrouvé z-avant l'action, nous l'inscrirons comme mort, prisonnier... ou disparu...

— O honte! murmurait le père.

— Ne vous mangez donc pas les sangs comme ça; il vous attend peut-être tranquillement chez vous...

— Il n'oserait, car je le maudirais!

Un soldat de service s'avança vers eux et fit le salut militaire.

— Le capitaine désire vous parler à l'instant, dit-il à Lachamade, qui l'accompagna sans répliquer.

Dix minutes plus tard, le vieux sergent revenait l'oreille basse, et de fort mauvaise humeur.

— Pour lors, grogna-t-il, je savais bien que ce diable de clampin, il m'attirerait des désagréments. Je viens d'être saboulé de la belle manière à propos de lui. Il faut me suivre immédiatement chez le capitaine, un lapin qui ne plaisante pas, celui-là!

— De quoi s'agit-il donc? demanda André, dont le cœur s'arrêta de battre...

— Je ne sais pas au juste, mais il me semble que tout est découvert.

Plus mort que vif, le meunier se rendit aux

ordres de l'officier. Il entra sous la tente, précédé de Lachamade.

— Vous êtes bien Delahaye, de Grand Pré? engagé volontaire aux grenadiers de la 15e demi-brigade? interrogea le chef.

— Oui, mon capitaine.

— Vous avez donc quitté les rangs, aujourd'hui? André courba la tête.

— N... Non, répondit-il avec hésitation.

— Alors, expliquez-moi comment il se fait que vous ayez été mis ce soir à l'ordre du jour pour votre belle conduite, par le général Kellermann?

— Je ne comprends pas, balbutia André.

— Un instant! Je comprends, moi! s'écria Lachamade en levant le doigt, selon son habitude quand il allait prononcer un discours.

— Explique-toi, et tâche d'être clair, grogna le capitaine.

— Voilllà! ç'est simple comme vous et moi, plus clair que du cristal de roche... Il y a deux Delahaye...

— Ah! bah!

— Seulement, les deux sont le même... vu qu'il est tous les deux-z-engagé sous le numéro neuf de ma compagnie. Je suis là pour le soutenir, jusqu'à la potence, exclusivement.

— Te moques-tu de ton supérieur?

— Ah! le petit brigand! Je l'savais bien, moi, qu'il ferait parler de lui! Il aura bu un coup de trop avec ses camarades, ça s'comprend... Manqué l'départ, perdu son bataillon... et rejoint quand même les amis au moment du coup de torchon... Sacrebleu! Il s'est battu comme un lion... Vive la joie!

Sans cérémonie, Lachamade embrassa le meunier qui, devinant enfin la vérité, défaillait de bonheur.

Bon sang ne peut mentir, dit le capitaine en lui serrant les mains.

— Que signifie?... murmura le capitaine stupéfait.

— Je n'suis pas orateur, Monsieur va vous expliquer en un temps, deux mouvements... Allons, dégoise, camarade!

André Delahaye raconta avec une touchante

simplicité l'incident de la veille, sa terreur en ne voyant pas revenir son fils à l'heure de l'appel, et la résolution qu'elle lui avait inspirée. Il acheva cette explication par ce cri, parti du cœur :

— Les apparences avaient beau me démontrer le contraire, une voix criait en moi-même : Non, ton fils n'est pas un déserteur!

— Bon sang ne peut mentir, dit le capitaine en lui serrant les mains.

. . . .

Sans qu'il s'en doutât, le poste occupé par Louis n'était pas très éloigné de celui où son père l'avait remplacé.

Une demi-heure plus tard, ils s'embrassaient avec effusion, et le fils apprenait dans un transport d'attendrissement jusqu'où peut aller le dévouement paternel.

La compagnie fêta cet événement mémorable. Une couronne de chêne, récompense civique, fut solennellement offerte à André, qui l'*arrosa* du vin le plus généreux de la cantine.

Quant à Louis, il reprit sa place dans le rang.

Le meunier, lui ayant rendu son uniforme et ses armes, se hâta de retourner près de Jeanne et de son père, pour leur annoncer la victoire à laquelle il avait participé, et les rassurer sur le sort du jeune volontaire.

VII

ÉPILOGUE

Le lendemain de ce 20 septembre 1792, où nos deux héros s'étaient couverts de gloire chacun de son côté, un décret de la Convention nationale proclamait la République à Paris.

Pendant huit jours, à la suite de l'échec qu'il avait subi, l'ennemi, mal approvisionné de vivres, campa dans la boue, n'ayant pour toute consolation que de croquer nos raisins verts... trop verts.

La vigne, cette richesse de la terre française, se défendit à sa manière. Les grappes aigrelettes dont se nourrissaient MM. les alliés, semèrent la dysenterie dans leur armée.

Enfin, découragés, mal en point, ils décampèrent le 1er octobre, poursuivis par les troupes de Dumouriez. Louis continua la campagne. De temps en temps, une lettre de lui arrivait au moulin de Grand Pré.

Celle qui parvint à son père après l'entrée des troupes dans Mayence était signée : Sergent Delahaye.

Le capitaine Louis Delahaye prit sa retraite à Grand Pré.

Le lendemain de Wattignies, il signa : lieutenant Louis Delahaye.

Quand nos troupes eurent remporté la victoire de Fleurus, le message qui l'annonçait aux amis portait sous son nom le titre de « Capitaine à l'armée de Sambre-et-Meuse. »

En ce temps où d'anciens sergents comme Hoche et Marceau, Lefebvre, Pichegru, Ney, Masséna, Murat, Soult, devenaient généraux, l'avancement était rapide pour ceux que Lachamade appelait : les va-de-bon-cœur et les franc-du-collier.

Le gouvernement républicain ayant vendu les biens des émigrés, André Delahaye et son ami Dubois s'associèrent pour acheter à bas prix les terres du domaine de Marchenoir, qu'ils cultivèrent de concert, et réalisèrent en peu d'années une fortune respectable.

Après la bataille de Valmy, qui avait anéanti toutes ses espérances, Mlle Clorinde se réfugia en Angleterre, où elle donna des leçons de clavecin et de français pour vivre.

Elle ne revint en France qu'en 1815, quand le roi Louis XVIII occupa de nouveau le trône des Bourbons.

La part qu'elle reçut du milliard d'indemnité accordé par Sa Majesté très chrétienne aux émigrés lui assura une existence indépendante.

Le vieux manoir n'ayant pas trouvé d'acquéreur sous la Révolution était demeuré bien national.

Il lui fut rendu par ordre du roi.

Ce fut donc au château de Marchenoir qu'elle acheva sa vie, au milieu des souvenirs et des regrets du passé, ayant sous les yeux le bonheur sans nuages du capitaine en retraite Louis Delahaye, son ancien jardinier, et de Jeanne, sa vaillante femme, dont les nombreux petits enfants habitent encore le pays, à l'heure où nous écrivons ces lignes.

FRISSON-DES-PRAIRIES

FRISSON-DES-PRAIRIES

PAUL, me dit mon ami Dorival, j'ai une carte d'entrée spéciale pour visiter les Indiens Mohas au Jardin d'Acclimatation ; ils arrivent tout droit du Haut-Missouri. Ce sont des sauvages très authentiques ; le *Labrador* les a débarqués au Havre l'autre jour. Si tu veux, nous irons les voir ensemble.

— Bien volontiers.

— Viens nous prendre demain matin. Ma femme et moi, nous t'attendrons à dix heures.

— Vous pouvez compter sur mon exactitude.

Il faut vous dire que mon ami Dorival est un journaliste rempli d'aimables qualités essentiellement françaises. Le sourire voltige sur ses lèvres comme un papillon sur une rose, et la bienveillance est généralement répandue sur sa physionomie. Malheureusement, il possède aussi le défaut national, lequel consiste à se moquer de tout et de tous, bien que sans arrière-pensée méchante.

Le directeur du journal où il rédige des articles l'ayant chargé d'en écrire un sur cette compagnie de peaux-rouges, de la tribu des Mohas, qu'un barnum anglo-américain exhibait et pilotait dans les villes de la vieille Europe, il m'offrait de profiter d'une aussi rare occasion.

Tous les hommes de ma génération, dont l'enfance a été charmée par les récits de Fenimore Cooper, ou par certaines poésies de Longfellow, n'ont qu'à remonter la pente de leurs souvenirs pour comprendre le sentiment d'anxieuse curiosité avec lequel j'attendis le jour suivant.

Il n'y a pas de livre dont l'influence ait égalé celle de la *Prairie* ou du *Dernier des Mohicans* sur l'imagination des enfants de mon temps.

Près d'un demi-siècle a passé depuis l'époque où les consciencieuses traductions de M. de Labédolière répandirent en France les œuvres de l'écrivain populaire américain.

Aucun personnage fictif n'était plus connu dans ce temps-là que Bas-de-Cuir, Chingakook, Incas ou Duncan. Si l'administration du collège où je traduisais alors le *De viris* nous avait alloué des plumes d'oies au lieu de plumes métalliques, nous en aurions certainement orné nos chevelures pour imiter la coiffure des héros que nous admirions avec tant d'enthousiasme.

Je me trouvai si malade après avoir fumé mon calumet qu'il fallut me transporter à l'infirmerie.

A l'heure de la récréation, chaque classe, divisée en deux camps, dont les guerriers s'affublaient d'appellations poétiques, telles que : le Grand-chef-qui-marche-sous-la-terre, ou : l'Invincible-guerrier-qui-n'a-pas-peur-des-souris, était perpétuellement sur le sentier de la guerre. Je me souviens encore d'un camarade qui avait adopté le nom d'un capitaine gaulois, lequel combattit les Romains aux environs de Lutèce : il s'appelait Camulogène, et nous avions ainsi travesti son nom : le général Qu'un-mulot-gêne. On le voit, cela se passait gaiement, mais, tout de même. les coups de mocassins pleuvaient dru. Personne ne fut scalpé dans les mêlées ; cependant, au dortoir, on ne rêvait que ruses subtiles, embuscades, cachettes sous bois, excursions « à la découverte », repas de venaison boucanée, etc.

Un jour, l'idée me vint de me fabriquer un calumet (c'est ainsi que les Peaux-Rouges appellent leurs pipes). J'employai à la confection de ce chef-d'œuvre prohibé le tronçon d'une canne de jonc, et je me trouvai si malade après l'avoir fumé qu'il fallut me transporter à l'infirmerie.

Cette épreuve me guérit pour un temps de ma manie et me fit retourner avec ardeur à des études plus utiles pour l'avenir.

On a répété que les sauvages sont de grands enfants venus trop tard dans un monde trop vieux. Ne pourrait-on ajouter avec autant de vérité que les enfants commencent par être des petits sauvages que leur instinct attirerait vers la vie primitive en pleine nature, s'il ne se trouvait détourné par les exigences et les devoirs de la civilisation?

Je faisais cette réflexion au moment où, à l'heure fixée, mon ami, sa femme et moi, nous partions pour le Jardin d'Acclimatation.

La carte du reporter était un puissant « sésame » qui ouvrit toutes les grilles, et fit s'incliner jusqu'à terre le yankee barnum, lequel, en sa qualité d'Américain, connaissait mieux que personne la puissance de la presse.

Il pleuvait à torrents. On nous introduisit dans une assez vaste tente où campait une famille entière de ces Mohas.

La marmite était suspendue au-dessus d'un feu de bois qui brûlait au centre de l'habitation. Tout d'abord, je ne distinguai que la flamme, à travers un nuage de fumée aveuglante dont l'excès s'échappait par une ouverture pratiquée au sommet du toit. Le vent d'orage mugissait si furieusement au dehors que le souvenir du brouet des sorcières de Macbeth me vint à l'esprit. En effet, les deux ou trois créatures hagardes accroupies autour du foyer avaient bien l'air de préparer quelque infernal pot-au-feu où le bœuf traditionnel eût été remplacé par des reptiles, et les légumes savoureux par des herbes aux sucs malfaisants.

Notre premier mouvement fut de battre en retraite; mais quand la curiosité s'est éveillée chez les dames, que ne braveraient-elles pour la satisfaire!

Notre compagne, une frêle et blonde Parisienne, porta simplement son mouchoir parfumé à ses narines, et marcha en avant d'un pas intrépide.

Il ne nous restait plus qu'à suivre son exemple.

Quand, au prix de bien des larmes, nos yeux se furent accoutumés à l'atmosphère épaisse qui régnait dans le *wigwam*, nous pûmes enfin distinguer les êtres et les objets dont nous étions entourés.

Je me trouvais en présence des derniers descendants de cette puissante race iroquoise, dont la langue gutturale était jadis parlée dans plus de dix-huit cents lieues de pays, par cent peuples divers!

Je voyais devant moi des êtres qui, barbouillés de leur peinture de guerre, avaient rôdé sous l'ombrage de forêts vieilles comme le monde.

Là-bas, dans le Far-West, ils avaient lancé contre les ennemis leur tomawhak, frère de la hache de pierre préhistorique!

Ces « Hommes de toujours », comme ils s'appelaient jadis avec orgueil, j'en contemplais les rares survivants.

Je creusai ma mémoire, cherchant un mot qui leur fît reconnaître en moi un visiteur sympathique, et je prononçai de mon mieux le salut habituel entre gens bien élevés, quand ils se rencontrent dans la prairie :

— Siegoh!

Ces deux syllabes eurent pour effet de faire naître le plus formidable des sourires sur les lèvres d'un guerrier qui sortit de la pénombre et vint à ma rencontre.

A trois pas de notre groupe, il s'arrêta pour m'adresser une allocution de bienvenue.

Chez nous, les gens du peuple disent communément des Allemands qu'ils semblent « hacher de la paille » en parlant. Le colosse Moha nous produisit la même impression ; mais comme il s'exprimait avec déférence, je lui tendis gravement ma blague à tabac, dans laquelle il se mit à puiser sans cérémonie.

Cette scène intime me donnait de l'importance aux yeux de mes amis. Madame Dorival, surtout, ne pouvait plus tenir en place. Elle voulait absolument savoir ce que l'homme rouge m'avait dit.

Bien entendu, je n'avais pas compris un seul mot de son discours.

J'en fis donc une traduction aussi peu littérale que malicieuse, et voici les paroles que je prêtai au grand chef, pour l'ébaudissement de l'aimable Parisienne.

— La compagne de mon frère blanc est comme l'oiseau cardinal. dont le gai plumage et le joli chant réjouissent l'âme du guerrier.

Ayant ainsi payé d'audace, j'espérais en être quitte, mais (pour continuer d'employer un langage imagé) je dois déclarer que le sourire des dames est semblable au liseron rose, et qu'il s'épanouit volontiers sous l'influence d'un compliment.

Voici les paro'es que je prêtai au grand chef.

En guise de remerciement spontané, la visiteuse

tendit en souriant son bouquet de violettes à l'homme tatoué.

Ce dernier le porta vivement à ses vastes narines, au fond desquelles il faillit disparaître, puis il m'adressa de nouveau la parole en langue iroquoise.

A tout hasard, je répondis :

— Hugh !

Peu versé dans l'éloquence huronne, ce monosyllabe contenait le fond de mon sac. Encore suis-je persuadé qu'il interrompit le discours de mon interlocuteur très mal à propos; mais déjà la femme de mon ami me priait de traduire la réponse du guerrier. Il fallait m'exécuter.

Pour couper court :

— Madame, fis-je avec gravité, voici, mot pour mot, ce que dit ce Peau-Rouge :

Si la squaw blanche veut suivre le chef indien dans ses forêts, il lui donnera un collier de dents de crocodile, et lui fera tisser ses filets de pêche jour et nuit comme l'araignée infatigable. Elle coudra les canots qui servent à traverser les grands lacs, et portera sur ses épaules les ours et les daims qu'il aura tués... car l'épouse du guerrier doit tenir à honneur de lui épargner d'autres fatigues que celles des combats.

— Dites-lui dans son charabia qu'il fera mieux d'engager un Auvergnat comme domestique, répliqua la « squaw blanche », saisissant vivement le bras de son mari, comme si la fantaisiste vision d'une Parisienne arpentant les forêts vierges avec de petits mocassins à talons Louis XV lui eût semblé totalement dénuée d'attraction.

Dorival et moi nous partîmes ensemble d'un franc éclat de rire, et nous pûmes enfin continuer nos observations.

Les Peaux-Rouges s'étaient rapprochés. Celui qui nous avait accueillis le premier nous présenta madame son épouse, que mon ami prit pour le tambour-major de la troupe, à cause de certaine coiffure de plumes dont la forme rappelait le bonnet à poil de la vieille garde impériale.

Son accoutrement se complétait d'une veste sans manches en étoffe rayée, et d'un jupon. Elle portait d'amples chaussures de peau de daim tannée.

Près d'elle dormait un gros bébé ficelé dans sa couchette de planches flexibles et de paille nattée.

Plusieurs géants au torse nu portaient des armoiries peintes en bleu sur leur poitrine, comme nos barons du temps jadis en faisaient broder sur leurs pourpoints. Je cherchai vainement parmi ces tatouages les augustes images du loup, du chevreuil et de la tortue, qui furent, aux yeux de la nation huronne, ce que le Livre d'Or était pour la noblesse européenne. Hélas! il y a bien des années que les trois grandes familles aristocratiques désignées par ces figures bizarres ont disparu! Cependant, sous le rapport de la force musculaire et de la stature, les Mohas ne semblaient pas dégénérés. Certains d'entre eux, vêtus d'une blouse de cuir tanné appelée puncho, leurs longs cheveux surmontés d'une aigrette, avaient un aspect majestueux; mais, sur leur visage qui semblait taillé à coups de tomawhak dans un bloc de cèdre rouge, se lisait l'incurable ennui installé au cœur des races vaincues comme un ver dans un fruit.

L'un d'eux, surtout, semblait plein de tristesse... Oh! je crois le voir encore!... si massif de formes qu'il paraissait trapu, bien qu'il nous dépassât tous de son énorme tête léonine; il ruminait sa rancœur dans le calme de la force, replié sur lui-même, et l'on sentait qu'il pouvait, sans colère, étouffer tranquillement un homme entre ses bras.

Ce devait être un fier compagnon à la cueillette des chevelures. Quelle superbe apparition que la vue de ce colosse, bondissant, paré de plumes et couvert de ses armes, sous les voûtes sublimes de la libre forêt! — Sans doute, le daim, l'ours, le buffle, le serpent devaient frémir et penser : voilà le Seigneur qui passe!

Hélas! les temps des bois et des solitudes sont finis. C'est à présent l'ère des villes... pauvre héros trop tard venu, hors de ton cadre naturel, hors de ton temps... Dans l'âge de bronze, Homère t'eût peut-être célébré à l'égal du magnanime Hector!

J'achevais à peine cette tirade enthousiaste, quand le barnum qui dirigeait l'expédition, s'approchant de l'Indien, l'apostropha avec vivacité.

— Allons, vite; il ne s'agit pas de rester ici à fainéanter, le Jardin est plein de monde; on t'attend.

Son pensionnaire sortit d'un air résigné. Le *manager* se mit à pousser les femmes dehors avec des bourrades. Tous allaient s'exhiber sous la pluie battante. Je les suivis.

De l'autre côté de la grille, la civilisation était représentée par une mer houleuse de parapluies ouverts, sous lesquels partait un feu roulant de quolibets, d'invectives et de rires.

Le sorcier-médecin-prêtre-jongleur marchait à ma gauche.

Son visage, ridé comme une vieille pomme de reinette et couvert de tatouages symboliques, attirait particulièrement l'attention des curieux.

Il paraissait s'amuser beaucoup de cette foule bruyante, dont les yeux le contemplaient, ahuris. Devant l'expression de malice qui bridait ses paupières fendues à l'asiatique, je me demandais vraiment *in petto* de quel côté se trouvait le spectacle, de quel côté étaient les spectateurs.

Il s'exprimait assez bien en anglais, de sorte que, grâce à ma connaissance de cette langue, nous nous entendions à merveille.

Jusqu'ici, je dois l'avouer, dans la comparaison qu'établissait forcément mon esprit entre ces deux camps, séparés par un treillis de fer, les Mohas l'avaient emporté.

Ce sentiment, né des chers souvenirs d'autrefois brusquement évoqués, fut de courte durée, car, tout à coup, le petit Peau-Rouge que j'avais été jadis sur les bancs du collège, au temps où je cachais les œuvres de Cooper dans mon pupitre, ce petit Mohican convaincu reçut en plein cœur une blessure plus terrible que celles des flèches empennées.

Mes guerriers, l'oripeau sur la tête, le manteau à l'épaule, les guêtres de daim aux jambes, de ces mêmes mains puissantes qui, sur le sentier de la guerre, avaient brandi le rifle, se mirent à gueuser des sous parmi la foule !

Oui, ces héros d'Homère tendaient la main comme l'éléphant tend sa trompe, à travers les grilles du Jardin des Plantes.

— Oh ! Bélisaire secouant son casque comme une sébille d'aveugle !

Je dois, pour rendre hommage à la vérité, avouer qu'aux yeux de mon ami le sceptique Dorival, ces derniers survivants d'une race qui s'éteint étaient totalement dépourvus du halo de gloire dont mon imagination enthousiaste s'était plu à les entourer.

Il entendit ma réflexion.

— Mon cher, me dit-il en riant, tous ces gaillards-là sont très grands princes dans leur pays. Ils acceptent nos offrandes comme un hommage, un tribut en nature qui leur est dû. Ce serait fâcheux de les voir déchoir et vivre de leur travail comme nous. D'ailleurs, les sous qu'on leur jette représentent du tabac, de l'eau-de-vie. Or, le tabac et l'eau-de-vie, c'est pour eux l'oubli des gloires à jamais passées. Viens, ne t'expose pas à t'enrhumer pour l'amour de tes illusions perdues, rentrons à l'abri dans la principale tente. Le chef Mun-shu-no-ba, dont le nom signifie en français moderne *La fumée jaune*, nous offre de savourer avec lui le calumet de paix.

Accompagné du sorcier-prêtre-médecin qui, désormais, me servait d'interprète, je suivis mon ami dans le wigwam où nous attendait le sachem. C'était un vieillard de soixante-dix ans, couvert d'un harnois plus fantastique encore que celui de ses subordonnés.

Sa face impassible avait l'immobilité d'une statue de granit; il tenait en sa dextre l'éventail de plumes de condor, insigne du commandement. De l'autre main, il nous tendit un tomawhak dans le manche duquel une pipe avait été creusée.

— Cette hache ressemble aux plis de la toge romaine, me dit gravement Dorival, elle contient la paix et la guerre. Que choisis-tu?

Je m'empressai d'aspirer plusieurs bouffées de fumée afin de faire preuve de sentiments pacifiques.

Ensuite, je pris dans ma poche un flacon de voyage rempli d'excellent rhum. J'en versai la moitié dans une tasse que je tendis à Mun-shu-no-ba après y avoir trempé mes lèvres, selon l'usage.

Cet auguste personnage vida la coupe d'un trait. Nous étions désormais les meilleurs amis du monde.

Assis auprès du feu, le calumet aux dents, nous nous efforcions, le reporter et moi, de prendre l'air grave que comportaient les circonstances, tandis que la femme de mon ami, trouvant ces gens-là fort laids, s'extasiait, avec leurs épouses, sur la beauté des bébés peaux-rouges, qu'elle empiffrait de sucreries. De notre côté, la conversation languissait. Or, comme de toute éternité le baromètre a offert un thème inépuisable aux gens dont la causerie s'arrête faute d'aliments, je crus devoir risquer une phrase sur la pluie qui, dehors, continuait d'alterner avec les éclats du tonnerre.

— Il fait, dis-je, un temps à ne pas mettre un... Algonquin à la porte.

Remarquez à quel point la finesse européenne se développe dans la fréquentation des sauvages.

Je venais de me souvenir fort à propos que ces chiens d'Algonquins avaient été jadis exterminés, après une guerre de trois siècles, par les Iroquois, ancêtres de mes hôtes.

Le sourire bienveillant dont ils accueillirent cette remarque me prouva que je les avais touchés à l'endroit sensible.

Enchanté d'un si heureux début, je me décernai incontinent le surnom glorieux de « Renard subtil », que j'espère porter jusqu'au tombeau.

— Oui, répondit gravement Mun-shu-no-ba, le grand Esprit vomit des couleuvres de feu.

Ce fut ainsi qu'il dépeignit les éclairs en zigzags dont le ciel était sillonné.

— Si mon frère rouge, continuai-je, m'adressant particulièrement au jongleur, voulait charmer les oreilles des visages pâles, il nous dirait un beau récit de la terre où reposent ses ancêtres, afin que nous puissions à notre tour le narrer à nos enfants.

Le vieillard demeura quelques instants songeur, les yeux mi-clos, puis, tandis qu'une expression d'indéfinissable rêverie s'étendait sur ses traits, il nous régala de la parabole suivante :

« Au milieu du concert sans fin des forêts ombreuses, un cri bizarre a retenti.

L'aigle qui plane, le lion au grondement sourd comme celui d'Athaensie, manitou de la haine et de la vengeance ; l'éléphant dont la furieuse clameur couvre le bruit des bugles, n'ont jamais rien entendu d'aussi terrible que ce hurlement, semblable au cri de guerre de mille combattants !

Les lacs en ont frémi, les montagnes bleues y répondent de leurs gorges profondes, puis toute la nature vierge en stupeur attend...

Un jeune guerrier qui jouait avec les singes en cueillant des cocos s'est approché du ruisseau pour y mirer son visage; mais quand retentit la

Veux-tu monter sur moi ? fait l'animal de bronze.

grande clameur qui fait frissonner les fauves dans leurs antres, il écarte les branches des mûriers pour contempler à l'aise CELUI qui parle avec une telle voix.

Jamais, avant ce jour, rien de pareil n'avait foulé le sol sacré de ses pères. C'est un dragon aux écailles métalliques : il souffle, il crache, il piétine sur place; tel un cheval de bataille impatient de charger l'ennemi.

Ses quatre pieds ronds sont plus rapides que le vent, sa poitrine semble tout en feu, son unique œil rouge darde une lueur sombre, et, de son long col, s'élève un tourbillon de fumée.

— Qui es-tu? demande le Peau-Rouge ingénu.

— Je suis la Locomotive.

— Comment t'appelles-tu?

— Georges Stephenson, répond le monstre.

— Où es-tu né?

— A Newcastle, en Angleterre. Et toi?

— Je m'appelle Frisson-des-Prairies. Ma tente est dressée sous le vieux cotonnier, là-bas...

— Veux-tu monter sur moi? fait l'animal de bronze, nous visiterons ensemble Manhatte, le grand village de tes aïeux que les faces blanches appellent New-York... Nous reverrons les vastes contrées habitées autrefois par les Hurons. Tu connaîtras les villes immenses qui couvrent le sol de ton ancienne patrie... Dis, le veux-tu?

— Allons, répond l'enfant des bois.

Il bondit sur le dos du terrible inconnu qui, avec un sifflement de triomphe, l'emporte par le grand chemin des buffles. . . . .

Ils partirent.

Les érables, les copalmes, les magnolias, courbés sous le vent de leur course, passaient comme un nuage multicolore, et toujours l'éclatant clairon de cuivre sonnait son chant victorieux.

Les troupeaux de bisons fuyaient à leur approche. Un buffle puissant les attendit, cornes baissées, mais il fut broyé sous les pieds ronds du dragon de fer.

Un grand chef lança ses guerriers contre l'horrible bête; mais elle en fit de la boue rouge, et le sachem, honteux d'être vaincu pour la première fois, s'étendit à l'ombre du cèdre maudit dont la vapeur fait mourir les hommes.

Rien ne put arrêter cette marche furieuse.

L'enfant des bois, éperdu, chevauchant la terrible chimère, s'emplissait les yeux de visions nouvelles.

Quand ils traversèrent l'Ohio sur un pont construit par les ennemis de sa race, Frisson des-Prairies vit d'autres dragons des eaux qui, le long du fleuve, nageaient lentement sur le ventre en vomissant de la fumée, et leurs gros yeux luisaient comme ces feux errants qui se meuvent sur les marais aux approches d'un orage.

— Comment s'appellent-ils? demanda le jeune guerrier, les désignant avec surprise.

— Ce sont mes frères, les steamers, les bateaux à vapeur.

En tous lieux, les rusés castors blancs avaient

soulevé des rocs, entassé des pierres pour bâtir leurs grandes cabanes, plus nombreuses que les chênes dans nos forêts, et, passant comme le souffle des tempêtes, les deux étranges voyageurs n'aperçurent de toutes parts, sur les territoires jadis occupés par les fils du Grand Esprit, que l'immense troupeau des tribus d'Europe.

Frisson-des-Prairies se rappela comment ses aïeux, hospitaliers, avaient accueilli les ancêtres de ces hommes, alors qu'ils fuyaient la colère de Charles, roi de la Grande-Bretagne.

Ces traîtres s'étaient reposés sur la cendre du foyer, ils avaient bu dans la hutte du sauvage et, ensuite. bien repus, ils avaient osé combattre leurs hôtes avec des mousquets et des balles !

Il se souvint qu'ayant appelé leurs frères d'Occident, ils avaient marché d'extermination en extermination, brûlant, taillant les forêts éternelles, prenant pour eux toute la terre, si bien que les guerriers rouges aux jambes nues n'en avaient pas conservé de quoi recouvrir leurs os.

Puis, Frisson-des-Prairies rêva de la chanson maternelle sous l'ajoupa... Il revécut les chères heures d'indolence passées dans le filet suspendu aux rameaux des arbres. Il espérait trouver, derrière les grands villages pleins de fumée, de poussière et de bruit, d'autres solitudes où résonneraient encore le gazouillis des oiseaux et le langage des siens; mais toujours, à l'infini, s'alignaient les hautes demeures de pierre. Partout se pressaient les fiévreuses multitudes agitées de la passion du lucre, et, comme il passait rapide, les enfants pâles l'observaient avec des yeux de vieillards.

Son cœur se fendait de compassion pour les animaux. Ce fier éclair qu'y met la liberté ne brillait plus dans leurs regards. Chargés de liens, bêtes humiliées, ils allaient se débattant sous l'oppression d'un mauvais songe.

Fallait-il donc, comme eux, courber la tête sous le joug? Hélas! le jeune Indien comprit alors que le Manitou s'était retiré de ses fils, car dans l'hostilité universelle, les pierres mêmes du chemin suaient la haine; la nature, asservie par d'autres, ne reconnaissait plus ses anciens rois. Elle avait, en frémissant, changé de maître... Le calice des fleurs épanouies lui semblait une bouche ouverte pour le huer.

Cependant, la nuit tombait.

C'était l'heure où, *là-bas*, les bisons s'abreuvent au bord des mares, où les chasseurs insoucieux s'endorment autour de grands feux qui rougissent leurs armes dans l'ombre.

Frisson-des-Prairies se sentait mourir de regret.

L'infernal coursier lui demanda :

— Pourquoi pleures-tu?

— Mais, dit l'Indien, où donc m'emportez-vous?

— Je vais revoir ma patrie, répondit la Locomotive. Saute à terre si tu as peur, car nous voici près de la mer qu'il nous faut traverser pour atteindre la Grande Ile.

— Est-il beau, ce pays? Y a-t-il des wigwams, des forêts et des chasses comme dans le mien, près de l'Ontario?

— Mon pays ressemble à ce nuage gris qui s'avance du fond de l'horizon. Son soleil est pâle comme la lune. Le sol en est plein de cailloux noirs qu'on appelle la houille, que mes sœurs et moi nous dévorons sans relâche. Nos jours sont pareils à nos nuits, la fumée qu'exhalent nos haleines étend partout un voile sombre. C'est la plus noble de toutes les contrées, puisqu'elle m'a vu naître; mais si tu crains de m'y accompagner, saute à terre, retourne dans ta prairie...

— La prairie est trop loin, jamais je ne la reverrai.

— Tu trembles?

Frisson-des-Prairies sourit intrépidement, comme le héros attaché au poteau pourpre de la mort; car il savait bien où il allait, mais son cœur d'homme libre ne connaissait pas la crainte.

Du pied de la jetée, le lac sans rivages s'étendait à perte de vue, jusqu'à ce qu'il rencontrât le ciel.

La Locomotive recula pour prendre son élan.

Le jeune guerrier souriait toujours...

Puis, avec un bruit de tonnerre, le dragon de bronze roula, franchit le bord et décrivit une courbe dans le vide en sifflant un dernier hurrah!

La mer s'ouvrit sous son horrible chute, l'écume en furie éclaboussa les nuées... La gueule profonde de l'abîme se referma.

De grands cercles s'étendirent au loin, ils vinrent en mourant baiser le sable de la rive, les eaux frémirent de plus en plus faiblement, comme un cœur qui cesse de battre, et le miroir des astres reprit son impassible sérénité. »

. . . .

La voix du conteur s'éteignit dans un murmure.

Il avait mis en ce poétique apologue toute la mélancolie de sa destinée, tout le désespoir d'une race dont les instincts sauvages sont incompatibles avec la civilisation moderne et qui, chassée par des générations plus fortes, recule toujours pour aller s'éteindre au fond des dernières solitudes du Far-West.

La locomotive, en effet, a été le plus terrible ennemi des anciens rois de la forêt.

Je remerciai le sorcier poète. Cette réponse aux quolibets dont la foule avait accueilli son exhibition ne manquait pas de fierté.

Avant de nous séparer, nous échangeâmes quelques présents, en témoignage d'amitié.

Je m'éloignai, songeur.

— Eh bien, demandai-je à Dorival, tandis que

nous roulions en fiacre vers ce que mon ami tatoué appelait « le grand village des Oui-oui ». Eh bien, que penses-tu de ce jongleur et de son discours? Quant à moi, j'en suis encore tout ému.

— Mon cher, répondit le reporter en allumant un cigare, laisse ton sentimentalisme et viens déjeuner. Ces bonnes gens-là sont finis comme les coucous, les diligences, les briquets phosphoriques et les réverbères à l'huile. S'ils s'étaient montrés plus forts que nous, nous serions à leur place et eux à la nôtre. Qui sait si, dans les siècles futurs, une nouvelle race, plus parfaite et mieux armée que nous ne le sommes pour le combat de l'existence, ne contemplera pas nos arrière-neveux, à leur tour, à travers les grilles du Jardin des Plantes? C'est la loi de sélection qui veut ça.

— Allons donc! m'écriai-je, grâce au progrès, à la rapidité des communications, à la connaissance toujours plus répandue des langues, à la solidarité universelle, les peuples ne tendent plus qu'à former une immense famille dont le cerveau réalisera tous les progrès à venir, sans exclure personne du banquet commun.

TABLE DES MATIÈRES

LA LIBELLULE

PARIS. — IMPRIMERIE ALCIDE PICARD ET KAAN
192, RUE DE TOLBIAC. — 11901. S. C.

www.ingramcontent.com/pod-product-compliance
Ingram Content Group UK Ltd.
Pitfield, Milton Keynes, MK11 3LW, UK
UKHW021104220726
13924UKWH00004B/1502